# PREDADORES

# CLARA CORLEONE

# PREDADORES

Texto de acordo com a nova ortografia.

*Capa:* Ivan Pinheiro Machado
*Preparação:* Mariana Donner da Costa
*Revisão:* Marianne Scholze

CIP-Brasil. Catalogação na publicação
Sindicato Nacional dos Editores de Livros, RJ

C832p

    Corleone, Clara, 1986-
        Predadores / Clara Corleone. – 1. ed. – Porto Alegre [RS]: L&PM, 2022.
    160 p. ; 21 cm.

    ISBN 978-65-5666-285-5.

    1. Ficção brasileira. I. Título.

22-79664                        CDD: 869.3
                                    CDU: 82-3(81)

Gabriela Faray Ferreira Lopes - Bibliotecária - CRB-7/6643

© Carla Corleone, 2022

Todos os direitos desta edição reservados a L&PM Editores
Rua Comendador Coruja, 314, loja 9 – Floresta – 90220-180
Porto Alegre – RS – Brasil / Fone: 51.3225.5777

Pedidos & Depto. comercial: vendas@lpm.com.br
Fale conosco: info@lpm.com.br
www.lpm.com.br

Impresso no Brasil
Primavera de 2022

*Para todas as mulheres do mundo, especialmente:*

*Ana Helena Alencastro*
*Isabela Kother*
*Luísa "Lola" Fleck*
*Patrícia Franzen*

*Destruam o patriarcado, queridas!*

*E, com amor, para o eterno Hugo Carvana.*

"Vocês, homens, tomam porre e nos matam. Querem foder e nos matam. Estão furiosos e nos matam. Descobrem nossos amantes e nos matam. São abandonados e nos matam. Arranjam uma amante e nos matam. Voltam do trabalho cansados e nos matam."

Patrícia Melo, *Mulheres empilhadas*

"...a maneira mais rápida de uma mulher avançar no reino da misoginia: silêncio, beleza e deferência incondicional aos homens."

Jia Tolentino, *Falso espelho*

## predador

1. adjetivo e substantivo masculino; que ou aquele que preda.
2. diz-se de ou ser que destrói outro violentamente.
3. que ou o que destrói o ambiente em que atua, ou os elementos dele (diz-se de qualquer agente).

# PREDADORES

# 1

"Coloca ela no meio porque ela é bonita."
Fiquei tão perplexa com o comentário do homem – pois obviamente foi um homem que disse isso – que nem consegui responder. Os flashes cegaram meus olhos, eu não sabia para onde olhar e imaginava a maravilha de fotografia que sairia nos jornais. Então encontrei o olhar do meu editor. Minha expressão de espanto o fez se aproximar. Uma cara de "está tudo bem?". Depois, quando saímos para jantar, ele ficou indignado. Eu também fiquei, é claro. Mas na hora, como sempre, eu não consegui responder. O idiota – homem, branco, heterossexual, cis, meia-idade, terno e olhos azuis, o pacote completo – ainda disse:
"Finalmente uma mulher bonita aqui!"
As pessoas acusam as feministas de verem machismo em tudo. A gente não vê machismo em tudo, o machismo é que está em tudo mesmo.
Era uma noite de premiação. Recebi o prêmio de autora revelação. No palco, os outros premiados – todos homens – se posicionaram para a fotografia. Foi quando esse estrupício, da plateia, no meio do grupo que organizava a fotografia, disse:
"Coloca ela no meio porque ela é bonita."
Misericórdia. Quantos prêmios eu vou ter que ganhar para um homem me levar a sério?

A conclusão a que chego é que eles pensam que mulher não pode escrever. Desde as irmãs Brontë, pouquíssima coisa mudou. Pouquíssima.

Voltei para o meu lugar – interessante escolha de palavras – com a minha tacinha de espumante e não tive tempo de me recuperar do flagrante machista de segundos antes, pois um outro homem – branco, heterossexual, meia--idade, terno e olhos azuis, o pacote completo – sentou do meu lado. Aquele tipo que pede licença e vai logo sentando, você não tem nem tempo de romper com o pacto social e dizer: "Você não vai sentar aí não, meu filho!".

O que eu não diria de qualquer forma – no entanto, ele poderia ao menos me dar uma chance. Era um famosíssimo chato. Sua carreira se resumia a escrever artigos ruins que ninguém lê – os meus livros são ruins, mas pelo menos as pessoas leem – e aporrinhar pessoas em festas como essa.

O Chato citou cerca de trinta e sete poetas consecutivamente, em uma espécie de livre associação que eu não acompanhei. Eu apenas acenava a cabeça concordando e sorrindo muito. Ah, Clara. Como você é burra. Pare de sorrir. Pare de sorrir enquanto te aporrinham. Uma vez eu tentei não sorrir por um dia inteiro. Foi impossível. Já na calçada da Fernandes Vieira eu perdi a aposta comigo mesma, quando o cara da ferragem – que aparentemente tem como ofício olhar para os meus peitos em vez do meu rosto toda vez que preciso comprar um prego – me deu bom dia.

Pare de sorrir, Clara. Eu te imploro. Aliás: parem de sorrir, mulheres.

Fiquei acenando a cabeça como um daqueles cachorrinhos de painel de carro enquanto o Chato falava. E como falava! Depois das trinta e sete citações, ele passou a dizer o que eu deveria fazer para escrever melhor. Nada contra críticas, é importante sempre buscar melhorar, só que no caso não pedi conselho nenhum! Enquanto me explicava o que eu estava fazendo de errado – "você não descreve cenário, não descreve personagem, não descreve nada!" –, o Chato tocava no meu braço repetidas vezes, me cutucando. Além de, como cacoete, aplicar um desagradável "hein?" no final de todas as frases – "aí o leitor não entende nada, hein?" –, ele também soltava perdigotos que acertavam, todos, o meu decote.

Pode reparar: todo chato cutuca e cospe enquanto fala.

Eu estava virando um desses bonecos de museu de cera, o sorriso congelado porém já sem acenar com a cabeça para não ter um AVC, quando um repórter me salvou:

"A senhorita pode, por favor, dar uma entrevista?"

A senhorita podia.

"Desculpa interromper a conversa de vocês", ele me disse enquanto nos encaminhávamos para longe do barulho.

"Não precisa pedir desculpas. Que Deus te abençoe, inclusive."

Ele riu muito:

"Ele é chato demais, né? É famoso por ser chato."

Pois é, todo mundo sabia que o cara era chato e ninguém me socorreu. Depois o meu editor ainda contou que, assim que o Chato sentou do meu lado, um jornalista cutucou ele:

"Olha ali. Coitada da Clara!"

E os dois riram. Riram! Francamente.

O repórter aponta o microfone na minha direção:
"Qual é a sensação de ganhar seu primeiro prêmio?"
"É ótima, mas esse não é meu primeiro prêmio..."
"Ah, desculpe! Nos conta: o quanto de ti tem no livro *Porque era ela, porque era eu*?"
"Muito, já que a personagem literalmente tem meu nome."
"Claro, claro. Pessoal, estamos aqui falando com a Carla Corleone e..."
Puxado. Peguei meu prêmio – o *segundo* – e acenei para meu editor. Ele levantou num salto. Tinha percebido que eu queria sair correndo de lá o mais breve possível.
Noite de climão. Estrelando ela: Carla Corleone.

# 2

Mensagem inbox no Instagram de D.G., jornalista:

Parabéns pelo seu prêmio, Clara! Ele é recente mas até que tem relevância!

# 3

O familiar gosto de cabo de guarda-chuva na boca. Beber depois dos trinta anos é uma prova de resistência. No outro dia você não sabe se está de ressaca ou se pegou COVID-19. Eu me arrastei para o chuveiro, esfreguei minhas costas, lavei meus cabelos e passei sabonete líquido facial no rosto para limpar a maquiagem que, obviamente, tinha esquecido de tirar ao chegar em casa na noite anterior.

De roupão e com uma toalha na cabeça, preparo minha cafeteira italiana. Enquanto espero o café ficar pronto no fogão, bebo, de uma vez só, meio litro de água de uma garrafa de vidro que, um dia, guardou gim importado. Bons tempos!

Não tenho um real. Mentira, tenho. Devo ter uns setecentos reais na conta. Digo "devo" porque não tenho uma ideia precisa de quanta grana tenho, só por cima, e todo mês brinco de jogar roleta russa comigo mesma quando passo o cartão no débito depois do dia 25: "vai autorizar, não vai autorizar?". Dá mais medo que o final de *O franco-atirador*. Também é sempre com pânico que acesso o aplicativo do banco quando preciso fazer um PIX para alguém. Não sei ser adulta.

O café fica pronto. Eu me obrigo a passar manteiga em um pãozinho para forrar o estômago, embora esteja enjoada. Preciso ficar apresentável pois vou dar uma entrevista.

Depois de comer, me mudo para a sala levando a caneca com a segunda dose de café e começo a baixar alguns livros da biblioteca. Preciso me acalmar: será minha primeira entrevista grande – quando me ligou, a produtora me disse que vamos conversar uma hora! –, e a apresentadora sempre manda bem nas perguntas, é uma jornalista tarimbada. Estou nervosa. Medo de falar merda.

Revisito minhas amigas: Angela Davis. Toni Morrison. Patrícia Melo. Virginia Woolf. Simone de Beauvoir. Lygia Fagundes Telles. Chimamanda. Acaricio a lombada de alguns livros, outros aperto contra o peito. Releio trechos, revisito orelhas. Gillian Flynn. Clara Averbuck. Juliana Borges. Carol Panta. Juliane Vicente. Lau Patrón. Peço a Clarice que me ajude. Pisco pra Conceição Evaristo. Juro solenemente dar o meu melhor, com a mão espalmada em cima de *Dias de abandono*, como quem jura pela Bíblia. Faço cócegas em Hilda Hilst. Agradeço a Jane Austen. Termino minha expedição ao santuário e entro no quarto, mais leve e mais forte. Mais feliz.

No quarto, repasso os projetos de escrita que tenho em andamento, pois a jornalista certamente perguntará sobre eles: um romance policial sobre duas irmãs. Uma adaptação de *Um conto de Natal*. Uma comédia envolvendo uma garota atrapalhada e uma cidade de mentira. Revejo alguns números sobre mercado editorial e mulheres. Também confiro números de feminicídio, de estupros, de violência doméstica: é muito comum me perguntarem sobre esses temas. Rememoro questões difíceis que li em outras entrevistas e penso como eu vou responder caso Fernanda – esse é o nome da jornalista – pergunte algo parecido. Lembro de uma entrevista especialmente espinhosa que Silvia Federici deu esses tempos e sinto dor de estômago. Mas tudo bem. Fernanda não pegará pesado comigo. Não sou importante o suficiente para isso.

Por fim, repasso a minha própria trajetória, relembro como comecei a escrever, quais foram minhas primeiras leituras e penso em nomes de autoras jovens para recomendar – uma lista mental que sempre atualizo com carinho. Coloco uma blusa vermelha com um casaquinho combinando (sempre sinto frio em estúdios de televisão), uma saia de linho verde levinha e sandálias rasteirinhas. Passo um batom, beijo minha imagem de São Jorge e peço proteção. O Uber chegou. Estou pronta.

Ao entrar no estúdio, sou informada de que Fernanda, infelizmente, foi chamada às pressas para cobrir um caso estranho: uma mulher foi atacada por um homem enquanto corria no parque. Ele jogou ácido no rosto dela.

"É o segundo ataque consecutivo desse cara, mas a polícia não queria que a imprensa vazasse as informações por medo de incentivar copiadores. Desta vez, não conseguiram conter a notícia. A vítima fez um vídeo direto do hospital, publicou nos stories e o negócio viralizou em segundos!"

Mal tenho tempo de me recuperar dessa informação, pois a produtora me conduz por um corredor e emenda:

"Quem vai falar contigo é o Ricardo, olha ele aí!"

"Clara Corleone, muito prazer!"

Ricardo ao menos sabe que me chamo Clara e não Carla. Sentamos de frente um para o outro em cadeiras parcialmente confortáveis. Uma mesinha de centro está entre nós. Alguém da equipe coloca meu microfone na lapela, outra pessoa pergunta se eu não desejo um copo de

água – sim, desejo, afinal estamos no mês de novembro em Porto Alegre – e me avisam que a câmera só vai captar nossa imagem da cintura para cima.
Ricardo faz graça:
"Por isso que eu devia vir de bermuda, mas a minha produtora insiste na calça social! Quer me matar de calor!"
A produtora ri:
"Não chateia, Ricardo!"
Rola um clima de camaradagem no estúdio. O apresentador segue animado e me diz, amavelmente:
"Fica tranquila que vai dar tudo certo! Aliás, sabia que hoje tem mais gente por aqui do que o normal? Está vendo aquela mulherada ali?"
Eu olho para o lado que ele indicou e vejo algumas garotas e senhoras em um grupo alegre. Sorrio para elas, que retribuem.
"Turma dos bastidores da emissora. Elas nunca acompanham nenhuma entrevista, mas quando souberam que hoje era tu...".
Que gentil. Sorrio. Relaxo. Vamos entrar no ar em 3, 2, 1.
"Estamos aqui hoje com a escritora e atriz Clara Corleone. Seja bem-vinda, Clara!"
"Muito obrigada!"
"Clara, antes de falarmos sobre literatura, queria te fazer uma pergunta mais... pessoal. Estamos em pleno verão aqui em Forno Alegre, hahahaha, e nessa época as mulheres acabam mostrando mais o corpo. Vocês aí de casa não conseguem ver, mas a Clara está de minissaia... Clara: o que você faz para manter a forma?"
Naquele mesmo dia minhas amigas transformaram a minha cara nesse frame em uma figurinha de WhatsApp.

# 4

Mensagem inbox no Instagram de P.C., escritor:

Parabéns pelo prêmio! Mesmo com esse lance do feminismo e a cota para as mulheres nessas premiações, tenho certeza de que teu livro é bom. Ele está na minha pilha aqui dos a ler. Assim que chegar lá, te passo o meu parecer.

# 5

Saí do estúdio e fui direto para o Esperança. Como sempre, não precisei pedir nada quando me sentei à mesa oito. Prepúcio se materializou na minha frente com um chope da Brahma e me olhou, divertido, enquanto eu sorria e puxava *Sula*, da Toni Morrison, de dentro da bolsa.

"Sabe que ninguém entende como a senhorita consegue ler no meio do burburinho deste bar?"

"Mas a essa hora está tranquilo, Prepúcio."

"Acontece que eu já vi a senhorita lendo também às onze horas da noite, enquanto as cadeiras voavam no meio de uma briga e a Cotinha tirava a roupa em cima de uma mesa."

Comecei a rir:

"Nunca tinha visto a dona Esperança tão puta!"

Prepúcio ri também:

"Ah, então a senhorita acompanhou a confusão! Estava tão imersa na leitura que achei que não tinha registrado... Mas sabe que eu acho bonito? Todo mundo está obcecado na tela do celular enquanto você, quando está sozinha, prefere ler. Só não entendo como consegue se concentrar. Qual o segredo?"

Dou um gole no meu chope e faço sinal para o velho garçom se aproximar. Ele se inclina na minha direção, todo ouvidos. Falo baixinho:

"É charme. Eu na verdade *finjo* que estou lendo!" Ele me olha surpreso por um instante, então percebe que estou brincando e diz, também em tom de segredo: "Já que estamos trocando confidências, me diga: quando a senhorita vai admitir que me ama para podermos finalmente fugir juntos?"

Depois de combinar uma fuga para casarmos em Porto Rico, deixo o garçom relutantemente atender as outras mesas. Neste horário – são cinco da tarde – a turma habitué do boteco não chegou ainda, e pessoas desavisadas entram no Esperança chamando os garçons com estalos de dedo ou a própria dona Esperança com assobios. Tremenda falta de respeito! O pessoal realmente da casa – artistas, jornalistas, políticos de esquerda, boêmios (ou francamente bêbados), intelectuais e toda sorte de malucos – costuma chegar depois das oito. E eles podem ser muita coisa, mas têm educação: garçom a gente chama pelo nome ou por adjetivos elogiosos como "querido" e "consagrado" ou, ainda, por uma formação que atribuímos ao colega de tão nobre cargo: professor, mestre, doutor e – o meu preferido – bacharel.

Eu, que sempre gostei de ler enquanto bebo, prefiro chegar mais cedo pra sorver meu chope na tranquilidade do final da tarde, quietinha, concentrada. Não presto atenção aos assobios dos incautos clientes. Permaneço absorta na minha leitura por algumas horas até que os amigos começam a chegar. Nunca precisei combinar um encontro no Bar Esperança. É certo como a morte: alguém vai aparecer no boteco, seja qual for o dia da semana ou a previsão meteorológica. Certa vez tomamos um foguete sem precedentes durante um temporal tão forte que a luz caiu e dona

Esperança improvisou com velas. Foi um porre coletivo e delirante: cantamos todas as canções que mencionavam "chuva" ou "chover". Daria um belo conto se eu lembrasse mais que vinte por cento da noite. Que alegria: sem energia elétrica mas rodeada de amigos e de chope (que permaneceu magicamente gelado).

Hoje, porém, não vim encontrar nenhum amigo ao acaso no bar. Tenho um *fucking* date, essa tortura à qual ainda me submeto, pois para completar não é um encontro com um homem que já conheço ou aprecio. É um troço arranjado pelo Zeca e pela Ana, e eu nunca vi o sujeito na minha vida. O cara é amigo de infância do Zeca. Terminou um casamento de cinco anos e perguntou se eles não tinham uma amiga solteira para apresentar:

"Ele é mais coxinha, assim, mais careta, sabe como é? Não é piradão que nem a gente. Mas tem bom coração!", o Zeca me garantiu.

"E é um gato", a Ana completou, piscando maliciosa.

Eu não sei dizer não. É um defeito terrível.

• • •

Só de bater o olho nele – uns quarenta anos, camisa social, sapatênis, gel no cabelo, completamente deslocado no meio da fauna do Esperança – eu já sei que aquilo não vai dar certo. Ele sorri quando me vê. Aponta para o livro que estou lendo e diz:

"Faz sentido: a escritora está lendo!"

Sorrio e respondo:

"Pois é. E você, o que faz?"

Enquanto se senta, ele responde:

"Eu jogo ácido nas mulheres que estão correndo no parque."

O sujeito fala isso e gargalha. Fico atônita. Não porque acredite que ele realmente seja o cara – o tal maníaco que a produtora da entrevista comentou mais cedo –, mas por ter cogitado que dizer isso seria engraçado. Imediatamente, o cara começa a suar:

"Desculpe, não sei onde estou com a cabeça. Pareceu engraçado quando ensaiei te dizer isso em casa, quando você perguntasse o que eu fazia. Foi só uma brincadeirinha..."

Continuo apoplética, então ele pergunta, terrivelmente constrangido:

"Ai, meu Deus... Você conhece as vítimas?"

Fecho os olhos brevemente pensando em transformar o Zeca em uma vítima na próxima vez que o encontrar. Digo, um pouco confusa:

"Eu não preciso conhecer as mulheres para achar a sua piada, no mínimo, indelicada."

Ele concorda em um gesto rápido com a cabeça. Percebo que está suando cada vez mais.

"Estou nervoso. Desculpe, está bem? Não quis ser babaca. Vamos começar de novo?"

Concordo com a cabeça, pois sou otária.

"Eu sou CEO de uma startup de comunicação digital."

Não entendo porra nenhuma do que ele diz, então apenas sorrio. Encarando meu sorriso como um encorajamento, o cara passa setenta e oito minutos – não estou brincando, eu conferi – falando sobre o seu trabalho de forma ininterrupta. Como está nervoso, come palavras, corre com elas, mal respira e, nos pequenos intervalos entre uma frase e outra para tomar ar, pede mais chopes para Prepúcio. E faz isso assobiando, o que começa a despertar os instintos assassinos do garçom. Está, portanto, basicamente bêbado quando finalmente para de falar.

Estendo a minha mão na sua direção, tocando seu braço, e digo, suavemente:

"Eduardo... É Eduardo, né?"

Ele assente, olhando pra baixo.

"Então, Eduardo. Isso aqui infelizmente não vai dar certo."

Ele bate levemente com o punho na mesa, fecha os olhos e murmura:

"É a sétima vez que isso acontece..."

Lanço um olhar de compaixão. Pelas seis mulheres que passaram por aquela provação antes de mim, é claro. Resignado, Eduardo se levanta.

"Pode pelo menos me dizer o que estou fazendo errado? Sou bem-sucedido, não sou feio e realmente quero conhecer alguém."

"É muito subjetivo. Com certeza alguma mulher deve achar muito interessante jantar com um CEO de uma start-up de comunicação digital. Essa mulher apenas não sou eu."

Chateado, Eduardo já está quase indo embora quando se vira:

"Parabéns pelo teu Prêmio Açorianos!"

Sorrio e penso que foi delicado da parte dele ler a meu respeito antes do encontro e lembrar que eu havia ganhado um prêmio recentemente. Começo a pensar que talvez tivesse sido dura demais com o cara. Então sorrio abertamente e agradeço:

"Obrigada, mas o nome do prêmio que eu ganhei é Jacarandá."

Eduardo dá de ombros:

"Deste eu nunca ouvi falar."

Vira as costas e vai embora. Pacientemente, reabro o livro da Toni Morrison e penso:

"Vou ao menos terminar meu chope antes de ir para casa..."

Estou, portanto, de costas para a porta do bar lendo e bebendo quando escuto uma voz inconfundível:

"Como assim a senhora não morreu de saudades de mim, dona Esperança? Achei que ia encontrar o bar fechado, em luto. Era o mínimo que eu esperava!"

A dona do bar gargalha e faz a volta no balcão para abraçar o Daniel. Eu me viro para olhar a cena, ainda sentada.

"Nem um derrame? Uma crise de pânico? Uma febre? Uma gripe? Uma conjuntivite, uma coceira, uma tosse, sei lá?"

Ele graceja, ainda abraçado nela. Então, dando uma panorâmica no boteco, bate o olho em mim. Dona Esperança percebe e me olha com ternura. Eu arqueio as sobrancelhas para Daniel, debochada, como quem diz "qual é?". Ele olha para baixo, abre os braços, faz uma pausa dramática e, para delírio do bar – e constrangimento meu – começa a cantar:

*Todos acham que eu falo demais*
*E que eu ando bebendo demais*
*Que essa vida agitada*
*Não serve pra nada*
*Andar por aí*
*Bar em bar, bar em bar*

Embora eu esteja rindo, faço uma mímica de zíper na boca, pedindo para ele se calar. Obviamente, Daniel não me obedece. Começa a caminhar pelas mesas, divertindo o público, sem parar de olhar para mim:

*Dizem até que ando rindo demais*
*E que eu conto anedotas demais*
*Que eu não largo o cigarro*
*E dirijo o meu carro*
*Correndo, chegando, no mesmo lugar*

"Você nem sabe dirigir, ridículo!", eu grito. As pessoas do bar riem. Ele também ri, mas não para:

*Ninguém sabe é que isso acontece porque*
*Vou passar minha vida esquecendo você*
*E a razão por que vivo esses dias banais*
*É porque ando triste, ando triste demais*

"Oumnn", suspiram os boêmios. Daniel aproveita a deixa para, desajeitadamente, subir em cima de uma mesa:

*E é por isso que eu falo demais*
*É por isso que eu bebo demais*
*E a razão porque vivo essa vida*
*Agitada demais*

Prepúcio puxa a manga de sua camiseta:
"Porra, Daniel!"

Ele faz um sinal de que já vai descer e então volta a olhar pra mim, suas duas mãos abertas, com as palmas voltadas uma para a outra, a uma distância de vinte centímetros:

*É porque meu amor por você é imenso*
*O meu amor por você é tão grande*
*É porque meu amor por você é enorme demais*

O Esperança inteiro cai na gargalhada, inclusive Prepúcio, que o ajuda a descer. Tenho um sorriso largo no rosto quando nos abraçamos. Digo carinhosamente no seu ouvido:
"Ridículo! Canastrão! Cafajeste!"
Ele provoca:
"Olha que eu canto de novo..."
Nos soltamos e olhamos nos olhos por um tempo, felizes. Ele vira abruptamente pro lado e recomeça:

*Todos falam que eu bebo demais...*

Mas eu tapo a sua boca com a mão:
"Agora chega dessa palhaçada. Senta aqui. Que sorte! Eu já ia embora, quase nos desencontramos. Sabe que, coincidentemente, hoje recebi uma mensagem de uma guria falando de ti no Insta..."

# 6

Mensagem inbox no Instagram de R.B., enfermeira:

Oi, Clara. Tudo bem? Desculpa te abordar assim, do nada, mas acabei de ler teu livro *Porque era ela, porque era eu* e, nossa, eu amei! Li em três horas. Parabéns! Fiquei tua fã. Tenho uma coisa um pouco ridícula pra confessar kkkkkk eu não gostava de ti quando era mais nova porque eu era apaixonada pelo Daniel e vocês andavam juntos pra cima e pra baixo. Acho que ele era apaixonado por ti... Enfim, bobeira de adolescente. Que bom que teu livro veio parar na minha mão. Um beijo, muito sucesso pra ti!

# 7

Ele gargalha alto, adorando. Prepúcio traz seu chope. Brindamos:

"O que tu respondeu?"

Finjo ler a resposta na tela do celular:

"*Amiga, o Daniel nunca foi apaixonado por mim. Ele é, até hoje.*"

Estou mentindo, é claro, mas ele tenta pegar meu telefone para conferir se realmente escrevi isso. Eu desvio. Ele tem um sorriso grande no rosto. Como é bonito! Sempre foi.

"Deixa eu ver a guria, vai que é gatinha."

Como é galinha! Sempre foi.

"Óbvio que não vou te mostrar a guria, ela me escreveu isso confiando que eu não ia te contar. Além disso, deixa de ser besta. Ela era apaixonada por ti quando era adolescente."

"Talvez ela ainda seja. Eu deixo marcas, Corleone! Eu deixo marcas eternas no coração das mulheres que passam pela minha vida! A maior parte delas permanece solteira, esperando, desejando, sonhando com o momento em que eu poderei, de repente, voltar para os seus braços. Falo de dezenas de mulheres que..."

"Ela é casada e tem três filhos", comento com um sorriso sardônico após pesquisar o perfil da moça.

Ele fica sério e diz, categórico:
"Uma rara exceção."
Estendo a mão para pedir mais um chope:
"Eu também não fiquei te esperando. Nem a Mel, nem a Jaque, nem a..."
Ele abre os braços, fingindo indignação:
"Eu venho até aqui pra ser humilhado, é isso? Primeiro, descubro que o bar não fechou por luto, já que a dona Esperança não morreu de saudades de mim. Maior período que passei sem botar meus pés aqui e ela está aí, na maior, vendendo saúde. Acho até que rejuvenesceu... Uma afronta. Uma ofensa pessoal!"
Prepúcio chega com o meu chope a tempo de ouvir as últimas frases de Daniel.
"Dramático como sempre!"
"Prepúcio, meu caro, me responda uma coisa: por que as mulheres são tão cruéis comigo?"
Prepúcio responde com simplicidade:
"Porque você merece."
Daniel era meu amigo desde que tínhamos dezesseis anos. Nos conhecemos em uma noite de inverno na frente do Esperança, bebendo vinho de garrafão comprado no armazém da esquina. A dona Esperança só nos deixou entrar no bar quando completamos dezoito anos. Antes disso, nada feito. Não que a gente se importasse. Ficávamos – o grupinho dos menores de idade – satisfeitos só por estarmos na mesma calçada do famoso bar, admirando de longe os frequentadores do boteco. Quando eles saíam pra fumar ou apenas tomar um ar, davam com nosso olhar juvenil e admirado.

Na abertura do filme *Os bons companheiros*, Henry Hill declara: "Desde que me lembro, sempre quis ser um gângster". Eu sempre quis ser uma boêmia. Daniel também. De tanto nos ver por ali, Prepúcio se afeiçoou a nós. Quando finalmente pudemos entrar – com a condição de mostrar a carteira de identidade e tudo –, fez questão de nos atender com pompa e circunstância. Afinal, era oficial: agora éramos parte da família Esperança. A nova geração: respeitosa com o passado, deslumbrada com o presente e animada com o futuro.

Daniel era aluno do Anchieta e eu, do Rosário, colégios de ensino privado com mensalidades muito caras. Nós dois queríamos ser artistas, gostávamos do Rio de Janeiro, assistíamos filmes nacionais, ouvíamos velhos discos de bossa nova, líamos Fernando Sabino. Nós nos demos bem de imediato, desde a primeira noite – embora não tenhamos muitas lembranças dela, por culpa do já mencionado vinho de garrafão. Nesse encontro, enquanto caminhava comigo até em casa – eu nunca tinha dinheiro para o táxi e, além disso, morava perto do bar –, ele arriscou me beijar. Eu correspondi, mas precisei interromper o beijo no meio. Senti subir uma gosma espessa e quente pela garganta. Daniel segurou meus cabelos enquanto eu vomitava.

Aconteceu na mesma noite: meu primeiro porre e meu primeiro melhor amigo.

Durante esses vinte anos de amizade, eu e Daniel desenvolvemos uma confiança e um carinho imensos um pelo outro. Somos como irmãos, embora ele grite "só se for da família Lannister" se eu digo isso na frente dele, já que transamos algumas vezes no início do nosso relacionamento. Depois, as coisas se transformaram. Aliás, não lembro quanto tempo faz que a gente não trepa ou se beija. Eu não vejo problema em transar com amigos – como diz o outro, vamos transar com quem, com os inimigos? –, mas evoluímos para um outro tipo de relação. O sexo já não era mais importante. Além disso, Daniel não morava mais na mesma cidade que eu – quando nos encontrávamos, era tanto assunto para colocar em dia que ir pra cama com ele nem passava pela minha cabeça.

Acontece que, faz alguns anos, Daniel havia conseguido realizar o sonho que acalentava na época de estudante: após estrelar sei lá quantas peças – eu assisti a todas, até às ruins – e uma infinidade de propagandas, conseguiu um papel em uma novela da Globo, no horário das seis. Depois, fez par romântico com uma atriz da novela das nove em um musical. Fui até o Rio para acompanhar a estreia, um tremendo desafio na carreira dele e uma aposta que poderia dar errado. Não deu. Daniel é um ator completo: atua, dança e canta. Após algumas temporadas do musical, vieram três longas: um filmado na serra gaúcha – ele escapava para Porto Alegre nos horários mais esdrúxulos quando podia e, para não incomodar sua mãe, ficava na minha casa, inclusive acho que foi assim que acabamos transando pela última vez –, um no Uruguai e outro na Argentina. Descolou mais um papel na Globo, dessa vez na novela das sete e, em seguida, fez uma série da Netflix. No momento, estava montando um grupo de teatro com amigos que fizera no Rio e se preparando para um filme de baixo orçamento baseado em uma obra do Marçal Aquino. Nos intervalos de tudo isso, sempre que podia ele vinha a Porto Alegre visitar a família e os amigos. O Esperança, é claro, era parada obrigatória.

"Fazia quanto tempo que eu não te envergonhava cantando pra ti em público?"

"Acho que a última foi na Redenção, naquela visita rápida que você fez antes de gravar para a Netflix. Me alcançou enquanto eu corria em volta do parque e teve que recuperar o fôlego antes de começar."

"É verdade! Os caras do serviço militar estavam correndo também e pararam pra aplaudir!"

"Que vergonha, Daniel. Que vergonha!"

"No fundo, tu adora."

"Tão no fundo que não encontro..."

Ele dá um tapa no ar, fazendo pouco:

"Era Roberto Carlos, né? 'Detalhes'?"

"'Cama e mesa'."

Ele franze as sobrancelhas, tentando lembrar da música. Eu cantarolo, para ajudar:

"*Todo homem que sabe o que quer e se apaixona por uma mulher...*"

Ele pega a minha mão por cima da mesa e diz, carinhoso:

"Claro. Nossa música."

Puxo a minha mão de volta:

"Que cara de pau, você nem lembrava o nome dela!"

"Não lembro o nome, mas sei a letra..."

Coloca uma mão no peito, emposta a voz e começa, enquanto eu reviro os olhos, fingindo tédio:

*Eu quero ser sua canção, eu quero ser seu tom*
*Me esfregar na sua boca, ser o seu batom*

Prepúcio aparece do fundo do bar sacudindo o dedo e gritando:

"De novo, não! Chega!"

Tomo um foguete sem precedentes com o Daniel nesta noite.

# 8

Mensagem inbox no Instagram de G.O., desempregado:

> Feminista de merda, lixo. Generaliza os homens. Vai se foder, sua puta.

# 9

"O que foi, Clarita?"
"Nada. Acabei de receber uma mensagem amorosa de um homem que não conheço no Instagram."
"Que bom. Escuta, tu não veio a pé para cá, né? Não passou pelo Parcão?"
"Não, mãe. Eu peguei um Uber".
"A gente prefere que tu não frequente nenhum parque até pegarem esse maluco. Já pedimos a mesma coisa pras tuas irmãs."
"Pode deixar, mãe. Foram duas mulheres até agora?"
"Foram três, a Ana Helena me mostrou no Twitter ontem de noite e foi notícia hoje, tu não viu?"
"Não olhei as redes hoje, mãe. Tomei um banho e vim direto pra cá."
"Uma moça da tua idade..."
Meu pai, dando os últimos retoques no assado e na salada antes de trazer para a sala de jantar, pergunta da cozinha:
"Estão falando sobre o maníaco que joga ácido nas mulheres? Eu e a Ana não queremos que tu e tuas irmãs frequentem parques até eles pegarem o cara."
"Eu acabei de falar isso pra ela."
Meu pai aparece com uma travessa em uma mão, com o assado e batatas, e uma cumbuca na outra, com salada

de rúcula, palmito e tomate-cereja. Gosto quando posso brincar de filha única com eles, fazendo de conta que não tenho quatro irmãos. Papai beija o topo da minha cabeça: "Que coisa horrorosa. Parece um filme de terror."

"Pelo que li, são sempre mulheres correndo. Começou no Marinha e depois na Redenção. Esse último foi onde?"

"No Marinha novamente", eles respondem em coro.

Suspiramos. A Polícia Civil estava feito barata tonta tentando resolver a situação, mas o cara sumia como em um truque de mágica. Ninguém via ele chegar e nem, na confusão após os ataques, partir. Não havia testemunhas, e o único registro que conseguiram de câmera mostra um homem de boné e óculos escuros pedalando na direção da João Pessoa. Nenhuma pista. Nada.

Ficamos em silêncio por algum tempo. Minha mãe, observando minhas olheiras, finalmente puxa assunto:

"Chegou tarde em casa ontem?"

"Sim. Só fui embora quando o Esperança fechou."

"Que horas ele fecha?"

"É o Bar Esperança, mamãe. É o último que fecha."

Meu pai, que havia voltado para a cozinha, aparece novamente com uma garrafa de cabernet. Serve nossas taças e comenta:

"Eu não entendo o que tu vê de tão maravilhoso nesse boteco..."

Faço uma cara escandalizada:

"Pai, se você veio na minha casa falar mal do..."

"Estamos na minha casa."

Recomeço:

"Pai, se você veio na sua casa falar mal do Bar Esperança, você veio ao lugar errado."
Rimos.
"Para, pai. O bar é lindo, tem aquele vitral maravilhoso atrás do balcão, a jukebox cheia de música boa, o chope da Brahma bem tirado... E eu sempre encontro meus amigos lá, não preciso nem combinar."
Minha mãe assente:
"São bons motivos. Além disso, teu pai tá implicando contigo. Aquela vez que vocês foram juntos, ele chegou em casa falando bem do bar."
"Arrá!", eu exclamo, encarando ele em desafio. Meu pai justifica:
"O que eu achei legal foi que todos tratam a Clara muito bem. A dona Esperança, o garçom Tico..."
Tenho um acesso de riso e corrijo:
"Prepúcio! O garçom Prepúcio!"
Meu pai também ri. Minha mãe faz uma careta:
"Pudera, que nome horrível."
"Não é nome, mãe. Quem chamaria um filho de Prepúcio? É apelido."
Ainda rindo, o pai pergunta:
"Por que o apelido dele é Prepúcio?"
Mas a minha mãe interrompe, categórica:
"Não sei nem quero saber. Não é assunto para a hora do almoço."
"Na verdade eu tenho um assunto ainda mais indigesto."
Meus pais ficam em silêncio. Respiro fundo:
"Preciso de ajuda. Não vou conseguir pagar meu aluguel mês que vem."

Minha mãe faz um gesto impaciente:
"Ai, Clara! Que susto! Tu disse que precisava de ajuda e eu achei que tu tava doente!"
"Na verdade, se a gente parar pra pensar, eu estou doente. Ser escritora não é profissão, é castigo."

• • •

Quando cruzam comigo por aí, meus amigos sempre fazem brincadeiras sobre eu estar riquíssima "vendendo tanto livro". Como eu teimo em morar no charmoso, porém caríssimo bairro Bom Fim e só trabalho com o que gosto, a realidade não pode ser mais diferente: as entradas mal cobrem as saídas. No meu bar do coração tenho uma honra suprema: posso pendurar as contas sempre que preciso – a dona Esperança sabe que eu pago. Eventualmente, mas pago. A situação toda é periclitante, sempre foi – ser artista no Brasil nunca foi fácil –, mas pela primeira vez eu precisei pedir dinheiro para os meus pais. Percebi que ou pagava o aluguel ou fazia o supermercado. E, assim, é bom poder contar com eles, é claro – e é também um tremendo privilégio! –, só que ao mesmo tempo fico com essa sensação de ser uma fracassada, uma mulher de trinta e cinco anos que não consegue pagar um boleto sozinha.

Depois de encaminhar a cobrança do aluguel pro meu pai por WhatsApp, comentei:
"Eu pago de volta, em seguida as coisas vão melhorar. Eu vou abrir novas turmas de escrita criativa."
"Pois é, achei que isso estava dando certo."

"Dá supercerto, pai, mas não posso abrir turmas todo mês ou as pessoas vão cansar da minha cara." Eu andava me virando entre dar aulas e fazer freelas para festivais e feiras culturais. Esse trabalho sempre pinta: o de gestão para redes sociais. Sabe como é, um amigo indica aqui, outro acolá. E eu mando bem, modéstia à parte. Sou uma fábrica de escrever posts para redes sociais. Também defendo algum de outras formas: escrevo editoriais para revistas, colunas, artigos, poemas e até cartas para a sua avó, mas o problema é o pagamento minguado. A escrita nunca deu camisa a ninguém – a não ser, é claro, que você se torne um escritor best-seller.

O que mais me incomoda não é não poder viver apenas do que eu escrevo – afinal, amo escrever e não faria outra coisa. O sambista João Nogueira cantava que ninguém faz samba só porque prefere, e estendo essa colocação para a escrita: ninguém escreve só porque prefere. Eu não faria outra coisa, não quero fazer outra coisa. Não "prefiro" ser escritora, simplesmente sou. Não tenho alternativa.

O que me chateia são os convites de pessoas que querem abertamente te explorar porque consideram que, como você trabalha com arte, não exerce uma profissão "de verdade". O que diabos isso quer dizer? Fico possessa com a quantidade de gente que acha que o meu trabalho não é um trabalho.

Por exemplo: faz alguns anos, uma garota me convidou para falar em um evento na Zona Sul. Falar como escritora, falar da minha experiência. Acertamos o cachê antes e, no dia marcado, peguei um Uber. Quando cheguei lá, ela me disse que infelizmente teríamos que cancelar, porque havia ocorrido um imprevisto. Eu, que já tinha gastado 25 reais para ir e sabia que gastaria mais 25 para voltar, fiquei pensando por que cargas d'água ela não havia me avisado antes. De qualquer forma, sorri pacientemente e disse:

"Tudo bem, mas o cachê que acertamos..."

E ela, ofendida:

"É evidente que eu vou te pagar."

É evidente que ela não pagou. E fez todo o número do trambique, mandando mensagens durante dias com desculpas. O pior foi depois, quando cobrei de forma mais dura, sem emojis de sorrisinho e corações, a transformação no comportamento da "empresária". Começou a ser grosseira comigo, como se fosse uma ofensa uma pessoa cobrar pelo que lhe é devido.

Infelizmente, este caso não foi um evento isolado. Ser artista é lidar, constantemente, com convites para trabalhar de graça a troco de "divulgação do seu trabalho" ou se apresentar em eventos por cachês minúsculos. Se o convite vem de uma organização que de fato não tem dinheiro, eu sempre aceito. Faço de graça. Agora, quando parte de uma iniciativa que tem bala na agulha, acho absurdo.

Eu adoraria dizer que, além de achar absurdo, também reajo: fico furiosa e mando a pessoa para o inferno. Mas é claro que não faço nada disso. Aceno a cabeça como um cachorro de painel de carro como sempre e me vejo falando, mais rápido do que posso controlar:

"Vocês pelo menos oferecem o transporte?"

Clara Corleone: escritora e otária profissional.

# 10

E-mail de Luiza A., empresária.

*Olá, querida Clara,
Tudo bem? Como tem passado?*

*Aqui quem fala é Luiza, presidente da Associação de Mulheres que Amam Mulheres, da AMAM. Nós realizamos um trabalho de assistência para garotas jovens que desejam estudar fora do país, financiando bolsas nas mais renomadas universidades do mundo.*

*Para angariar estes valores – temos uma aluna contemplada anualmente e estamos em nosso quinto ano de campanha! – realizamos alguns eventos presenciais (jantares, leilões e até bingos) e temos uma vaquinha digital permanente (posso lhe enviar o link caso tenhas interesse). Também possuímos um brechó – mas é um brechó chique rsrs – na Marquês do Herval, com peças de marcas famosas no Brasil e no mundo, gentilmente doadas pelas embaixadoras da AMAM. Como podes perceber, é uma grande força tarefa envolvida para subsidiar nossas meninas!*

Faremos um jantar no salão de festas da Lucinha, uma das fundadoras da AMAM, e gostaríamos de promover um debate com algumas mulheres jovens. Pensamos em convidar alguma moça relacionada ao mundo das artes e teu nome foi citado diversas vezes. O que achas? A ideia é um bate-papo bem descontraído, com quatro meninas – estilo Saia justa rsrs – conversando por uma horinha, debatendo temas na linha "como não descuidar da aparência ao cuidar da sua carreira" e "família e vida profissional: como conciliar?".

Também gostaríamos de contar com a tua contribuição como professora, pois ficamos sabendo que tens turmas de escrita criativa! Que bacana! O que achas de um workshop de duas horas, bem rapidinho, no mesmo dia – porém à tarde – para as mulheres da AMAM?

Infelizmente, não temos condições de oferecer cachê, mas durante o jantar obviamente serás nossa convidada. O chef contratado para o evento é um famoso apresentador de um desses reality de comida que meus filhos adoram rsrs. Quem sabe a senhorita não o conhece? Vou lhe enviar o nome assim que a Lucinha confirmar.

*Aguardo ansiosamente a sua resposta.*
*Com carinho,*
*Luiza*

# 11

"O que tu respondeu?"
"Respondi que me fazer essa proposta era a mesma coisa que dizer que elas iam entrar com o pau e eu, com o cu."
"Tu respondeu isso?!"
"Sim."
Diante do olhar petrificado de Jaque e Melissa, esclareço:
"Dentro do meu coração, mas respondi."
Jaque está furiosa:
"Essas peruas arrombadas não pensaram na possibilidade de, em vez de chamar um chef de cozinha celebridade, apenas pagar dignamente as minas que elas mesmas estão contratando?"
Melissa completa:
"Isso que elas são as mulheres que amam as mulheres, imagina as que odeiam..."
Estou no Bar Esperança com as minhas amigas, que chegaram depois que Zeca e Ana, que me faziam companhia, foram embora. Creio que meu mau humor com a grande indicação do Zeca para o date fez com que ele antecipasse a saída do casal. Acabei de contar sobre os últimos episódios da minha vida. Uma sucessão de desgraças: o machismo na entrega do prêmio, o entrevistador babaca, o encontro desastroso e esse convite escroto da AMAM. Aliás, quando

entrei no site delas, vi que as meninas que elas enviam para o exterior têm todas a mesma cor.

É exatamente isso que você está pensando: As Mulheres (Brancas) que Amam as Mulheres (Brancas).

"E eu ainda não acredito que o cara falou *coloca ela no meio porque ela é bonita* pruma mulher que tinha acabado de ganhar uma porra de um prêmio! *Me pone loca*!"

"Que semana, hein?"

"Só faltou ser atacada pelo cara do ácido atravessando a Redenção..."

"Gente, que horror isso. Estou apavorada."

"Apavorada por quê, Melissa? *Take it easy*. O cara só ataca mulheres que estão correndo. A última vez que você correu foi atrás do T3. Não existe pessoa mais sedentária!"

Mel joga um guardanapo amassado na cara de Jaque, em retaliação.

"Tchê, falando sério: que coisa horrível."

"Totalmente. Meus pais pediram para que eu não passe nem perto dos parques da cidade, independente de correr por ali, até isso acabar."

Mel concorda:

"Os meus também. Acompanhar tudo isso do interior está deixando o meu pai especialmente angustiado."

Jaque dá de ombros:

"Meu pai nem à merda me manda."

Jaque e Mel são minhas amigas de longa data. Nós nos conhecemos no cursinho Unificado, quando estávamos estudando para o vestibular da UFRGS. Quando tínhamos aula de português, como todas dominávamos a matéria, costumávamos cabular bebendo Brahma barata em um boteco quase em frente, na Dr. Flores. Foi assim, cometendo essa pequena contravenção sem culpa, pois passamos no nosso primeiro e único vestibular – com notas altíssimas em português! –, que construímos nossa amizade.

Melissa era uma ruiva de sardas, delicada e determinada. Ela veio do interior para estudar em Porto Alegre. A família dela não tinha muito dinheiro, por isso, nos primeiros anos, Mel morou com outras duas primas em um JK na André da Rocha do tamanho de uma caixa de sapato e se virou como pôde. De uma maneira que nunca entendi como, trabalhava de segunda a sábado em um sebo no Centro Histórico de dia e, de quinta a sábado, de noite em uma danceteria na Cidade Baixa – entre uma coisa e outra, completou com todos os méritos possíveis a faculdade de publicidade e propaganda na Federal (no vestibular ela passou com uma mão nas costas). Era namorada do Renato fazia um par de anos, um advogado tímido, sempre carinhoso e cuidadoso com ela.

Jaque era uma mulher belíssima. Negra, alta e majestosa, chamava atenção por onde passava. Era muito assertiva e inteligente e, embora às vezes me dissesse coisas difíceis quando me aconselhava, eram sempre para o meu bem. Uma amiga incrível – eu sempre dizia que todo mundo deveria ter uma Jaque na vida. Como se diz no Sul, era uma mina faca na bota, vinda de gerações de mães solteiras. Era jornalista e já havia viajado o Brasil inteiro cobrindo matérias para os principais jornais do país – além de ter rodado a América do Sul e passado um tempinho nos Estados Unidos. Vivia misturando frases em espanhol e inglês enquanto falava, mas não de um jeito pedante, até porque eram sobretudo gírias. Estava sempre estudando e, no momento, estava às voltas com sua tese de doutorado. Com toda essa correria, mesmo assim arranjava tempo para sair, dançar e namorar. Namorar muito! Eu e Jaque nos autointitulamos embaixadoras do papo reto, as bacharéis do flerte e as ministras do encontro casual. Enfim: o terror da noite.

"Teu pai é um idiota", dissemos em coro.

"*Yo lo sé, honeys*. Clara: você já terminou seu bloco de lamentações? Podemos passar para o próximo?"

Confirmo, aliviada com o meu desabafo, e comento:

"Parece que a única coisa boa que me aconteceu nos últimos dias foi ter encontrado vocês hoje. E o Daniel."

Mel, mastigando uma polenta, protesta de boca cheia:

"Você ganhou um prêmio, caramba!"

É minha vez de dar de ombros:

"Eu sei, mas isso foi eclipsado pelo Ali Babaca e os quarenta machistas."

"Escuta... Como o Daniel está? *Guapo*?", Jaque pergunta, os olhos compridos.

Concordo:

"Sim, guapo como sempre. E agitado, carinhoso e engraçado."

Melissa, em um quase muxoxo:

"Não sei por que vocês dois não ficam juntos..."

Eu protesto:

"Que papinho, Mel! Homem e mulher não podem ser apenas amigos?"

Jaque pontua:

"Clara, vocês são um pouco mais que amigos. Já transaram."

Aponto para ambas e exclamo:

"Vocês também transaram com ele! Por que VOCÊS não namoram com ele?"

Jaque revira os olhos:

"A torcida do Flamengo transou com o Daniel, *but that is not the question*. Vocês têm algo... diferente."

"Temos", eu confirmo. "Chama amizade. Não me venham com esse papo de filme dos anos 90 de melhor amiga e melhor amigo terminando juntos depois de desventuras em série ao som de música pop ruim na companhia de uma amiga doidinha e um amigo gay estereotipado."

Jaque aponta pra mim com o polegar e comenta com Melissa:

"Cada filme ruim que ela assiste..."

Rimos. Mel, pensativa:

"Acho que nunca vi o Dani apaixonado."

"Só vi ele apaixonado uma vez, quando estávamos no Campeche, lembra? Foi o verão que ele dava longas caminhadas na praia porque precisava *pensar*."

Jaque riu:

"Exato! Foi quando a gente apelidou ele de Robert Redford."

Mel franze o rosto:

"Por que Robert Redford?"

"Porque você quer coisa mais Robert Redford do que dar longas caminhadas na beira da praia para pensar?"

"Eu quase podia ouvir 'Memories' tocando ao fundo quando ele fazia isso..."

Estamos gargalhando quando Prepúcio chega com mais uma rodada de chopes:

"Falando mal dos homens como sempre, minhas queridas?"

Jaque corrige:

"Menos de você, Prepúcio!"

O garçom vai embora satisfeito e Jaque vira pra nós, alegre:

"Na verdade tem outros boys de quem eu não quero falar mal hoje. Pelo menos não por enquanto..."

Na corrida para entregar a tese, nossa amiga só estava saindo de casa por dois motivos: encontrar Mel e eu e sair com seus "namorados". No momento, eram três: o Surfista Dourado, o Último Romântico e o Stand-Up Comedy.

• • •

Fazia muito tempo que, incentivadas por Melissa, eu e Jaque dávamos apelidos para os homens com quem ficávamos, pois ela não guardava os nomes e confundia tudo. Assim, tivemos fases em que nossas conversas certamente não faziam sentido algum para quem escutasse de fora:

"Foi quando o Bonner Novinho me disse que..."

"Quem?"

"Bonner *Novinho*, parece o William Bonner, porém mais novo."

"Isso eu entendi, não precisa ser um gênio pra perceber a referência, o que não compreendo é quando o Bonner entrou em..."

"O Bonner Novinho!"

Mel revira os olhos:
"O Bonner Novinho entrou em cena. Você não estava ficando com o Joey?"
"Ramone ou o que parece o personagem de *Friends*?"
Mel dá de ombros, como quem diz "sei lá" e chuta: "Ramone."
"Dançou quando o Bonner Novinho chegou na parada."
Eu, aceitando mais um chope da bandeja que Prepúcio ofereceu:
"Você é eclética, né, Jaque? Uma hora está com um cara que parece um punk, outra hora se agarra em um mauricinho..."
"*Dear*, eu apenas exploro as minhas possibilidades!"
"E o que aconteceu com o outro Joey?"
"Este ficou com ciúmes um dia, aqui no Esperança, e eu mandei passear. Achou que eu estava dando bola para outra pessoa."
"E você estava?"
"Provavelmente. Tinha bebido uns chopes a mais, não lembro direito."
"Acho que era o Jovem Místico, não? Eu tava junto."
"Isso. Ou era o Matthew McConaughey?"
Mel se espanta e pergunta com indisfarçável inveja:
"Você pegou um cara parecido com o Matthew McConaughey?"
Antes que Jaque pudesse responder, eu me intrometi:
"Parecido. Depois de uma gripe forte, mas parecido."
"Então, basicamente: o Surfista Dourado é para transar, o Último Romântico para andar de mãos dadas e o Stand-Up Comedy para ver filmes e séries ouvindo comentários espirituosos. Que trabalho bem feito, Jaqueline!"

Ela sorri:

"*Soy una profesional!*"

Em seguida, fica pensativa:

"Se ao menos eu pudesse juntar todos em um só..."

"Victor Frankenstein tentou algo parecido e não deu muito certo."

"Você está esquecendo um detalhe importante, minha querida."

Jaque se aproxima de nós duas e segreda:

"Victor Frankenstein não era mulher! Vê se uma mina faria um trabalho porco daqueles!"

"Amiga, antes que você cometa um crime esquisitíssimo ao tentar costurar três homens em um só e eu e a Clara sejamos presas ao te ajudar nessa empreitada, eu pergunto: mais alguma novidade?"

"Hum, entendi. Dona Clara já explanou seus *white people problems*, eu falei da minha vida e agora a senhora quer falar da sua, é isso?"

"É isso mesmo."

"O microfone é seu, mana."

"Tem certeza? Não quer nos contar como anda a tese?"

"Pelo amor, Melissa! A última coisa que quero ter na minha cabeça é a tese quando saio com vocês. Eu venho pro Esperança justamente pra esquecer que fiz isso comigo mesma!"

"Então tá bem. Eu queria contar uma coisa linda pra vocês, mas que ainda não aconteceu. Tipo, 90% de chance de se concretizar, mas ainda não é certo, assim, certíssimo. Eu devo confirmar ainda essa semana, nos próximos dias, só que, claro, tem possibilidade de não rolar, mas, como vocês são minhas amigas de confiança e sempre torcem por mim, eu queria contar pra vocês já vibrarem positivo comigo – vocês sabem que eu acredito nessas coisas, na energia posit..."

"CONTA DE UMA VEZ!"

Mel fica espantada quando eu e Jaque gritamos ao mesmo tempo, mas em seguida abre um sorriso e diz, excitada:

"Eu vou ser promovida!"

Berramos tão alto que Prepúcio apareceu correndo, o que veio a calhar:

"Prepúcio, o que Melissa nos contou agora merece Quebra de Protocolo."

"Olha! Se merece Quebra de Protocolo, deve ser uma grande notícia!"

Mel, com os olhos brilhantes, explica:

"Vou ser promovida."

Prepúcio abraça a nossa amiga e pergunta:

"Quebra de Protocolo a 50 ou a 100?"

"É uma novidade que merece um 100!"

Eu digo, animada. No entanto, em seguida pergunto pra Mel:

"Essa promoção vem com um aumento, certo?"

Mel revira os olhos:

"Sim. Eu pago! É uma Quebra de Protocolo 100. Pode baixar, Prepúcio! E pega uma taça pra você também!"

Como é natural, eu e as meninas comemoramos todas as nossas grandes conquistas no Esperança: a entrada no mestrado e no doutorado de Jaque, as conquistas profissionais de Melissa e os contratos dos meus livros. Na primeira

vez que isso aconteceu – quando Mel passou de assistente para gerente júnior, um troço assim – e estávamos bebendo chope no bar, achamos que aquilo não era especial o suficiente. Afinal, beber chope no Esperança fazia parte do nosso dia a dia. Então, pedimos um espumante. Dona Esperança, ao fechar nossa conta naquela noite, se espantou com a inclusão de uma bebida diferente na comanda e comentou: "As meninas quebraram o protocolo!"
De onde veio, é claro, o apelido Quebra de Protocolo. Embora sempre usemos o método em situações festivas, às vezes não estamos com todo esse cascalho, portanto a Quebra de Protocolo tem duas categorias: a de espumante modesta, de 50 reais, e a espumante chique, de 100.

Mel trabalhou para diversas empresas como funcionária até fundar uma pequena agência de publicidade e propaganda. O negócio dela deu tão certo que uma dessas empresas (a mais fodona de todas) propôs que Melissa se tornasse exclusiva. Mel topou e virou uma espécie de departamento do local, mas com escritório próprio – fazia parte do acordo a empresa pagar o aluguel, luz e água da sala que ela mantinha na Duque de Caxias. O trabalho foi se avolumando tanto que, fazia tempo, eles namoravam a possibilidade de trazer Mel para dentro da empresa, formando uma equipe fixa que ela mesma escolheria e chefiaria.

"E você vai ter uma sala chique igual à do Don Draper?"

"Igualzinha!"

"E vai beber no serviço como um *mad man*, digo, uma *mad woman*?"

"Cê é louca? Eu vou é beber aqui no Esperança com as minhas amigas!"

Que alegria! Melissa merecia. Estava realizando o sonho da sua vida. Eu senti meu coração se expandir de felicidade por ela.

"Antes que a Clara comece a chorar", Jaque debocha, "vamos tirar uma foto?"

"Pede pro Prepúcio tirar!"

"Não enche o saco do cara, a casa tá lotada. Encosta o telefone no guardanapeiro. Isso. Agora programa o cronômetro. Bota pra dez segundos. E agora vem, né, bonita? Vai ficar de fora da fotografia?"

"Espera!", Mel grita. Eu e Jaque não entendemos nada.

"Esperar o quê? O cronômetro já tá rodando."

E ela, com lágrimas nos olhos, mal consegue falar de tanto rir:

"Coloca a Clara no meio porque ela é bonita."

A foto ficou perfeita: eu fazendo careta de nojo, a Jaque explodindo em uma gargalhada e a Melissa com a mão no rosto, rindo da própria piada espírito de porco.

# 12

Mensagem inbox no Instagram de W.R., analista de sistemas:

Boa tarde, bela Clara. Acho que te vi ontem no Esperança. Tu curtes um cineminha? Eu sou do tipo cinéfilo e adoraria a sua companhia.

# 13

Mostro a mensagem para Marcelo e pergunto, no momento em que ele para no semáforo:

"Minha questão é a seguinte: se já temos tecnologia comprovada para mandar o homem para a Lua, por que ainda não mandamos todos?"

Ele gargalha, o sinal abre e o carro volta a rodar, mas logo Marcelo tira a mão direita do volante para tocar meu rosto e perguntar:

"Até eu, gatinha?"

Beijo a palma da mão dele e respondo:

"Você faz parte da meia dúzia que eu deixo ficar no planeta Terra."

Marcelo buzina em comemoração, no meio da Avenida Ipiranga. São oito da noite e ele está me levando ao motel Botafogo.

Faz anos que Marcelo é meu *fuck buddy*. Mais de uma década.

Nos conhecemos em um "churrasco" da turma da faculdade. Digo "churrasco" porque só tinha linguiça e pão com alho. Marcelo era primo de um colega meu na disciplina de Dramaturgia 2. Era tão lindo que, quando bati o olho nele, achei que fosse gay. Afinal, os homens mais lindos geralmente *são* gays. Bastou, no entanto, cinco segundos de conversa para perceber que ele era pra lá de heterossexual. Foi um frenesi entre as moças da festa. Todo mundo queria saber quem era aquele cara gato que o Lucas tinha trazido. "Eu não trouxe ele, suas loucas. Ele já estava aqui: é meu primo, mora no prédio e liberou o salão de festas." Marcelo morava na Nilo Peçanha em um condomínio enorme cheio de salamaleque. Como havia todo um grupo de garotas em cima dele, nem dei as horas. Tenho preguiça de macho disputado. Aliás, tenho preguiça de qualquer coisa disputada: o livro que todos estão lendo, o filme que todos estão comentando, a série que todo mundo está maratonando...

    Eu estava, portanto, segurando um copo de chope e cantando os maiores sucessos do Raça Negra com os meus colegas quando percebi o bonitão me olhando. Fiz a gracinha de apontar para mim mesma e olhar para trás na terceira vez que ele me olhou, como quem pergunta:

"É comigo mesmo?"

Ele abriu aquele sorriso lindo. Depois, aproveitou quando alguém sentado ao meu lado levantou para roubar o lugar. E me disse, no ouvido:

"É contigo mesmo, gatinha."

"Gatinha" é um termo que não suporto vindo de qualquer outro homem, mas quando vem de Marcelo, não me importo. Nunca me importei. Cabe na boca dele, tem outro gosto.

    Marcelo é o típico cara que é bonito e sabe que é bonito. Eu gosto de tudo: seu perfume, o contorno dos seus braços, seu sorriso cheio de promessas, o bigode, o nariz masculino – e as mãos. Como são hábeis, as mãos de Marcelo. Desalinham meus cabelos, me prendem, fecham perfeitamente na minha cintura e tocam com precisão o bico dos meus seios. Adoro quando ele me transporta, sem qualquer esforço, se levantando do sofá enquanto me carrega no colo e me leva até a cama. Adoro quando estou me vestindo ou me despindo e ele me pega pela mão e me leva gentilmente até o espelho pra dizer no meu ouvido, enquanto segura meus cabelos para descobrirem meu rosto e minha nuca:

"Olha como tu é linda."

Nosso sexo é íntimo, quente, intenso. É sempre diferente, fugindo da regra de casais que, ao transarem há mais de um ano ou dois, passam a cumprir sempre a mesma coreografia. Às vezes Marcelo pede que eu coloque as mãos sobre o marco da porta e incline meu corpo na direção dele, ainda vestida. Ele gosta de me olhar. Sobe a minha saia o suficiente para ver um pouco do meu corpo, mas não todo, e coloca a minha calcinha para o lado. Se ajoelha, morde a minha bunda e lambe a minha buceta. Então se afasta alguns centímetros para se masturbar enquanto pede que eu fique parada na mesma posição. Às vezes Marcelo ajeita uma almofada no chão e pergunta se eu posso me ajoelhar na sua frente e, com os braços para trás, chupar o pau dele.

Às vezes, quer que eu fique de lado na cama, nua exceto pelos sapatos de salto, sem deixar de olhar pra ele em nenhum momento, enquanto me come por trás. Às vezes, quer que eu coloque a língua de fora enquanto estou de quatro, olhando para ele pelo espelho. Pede muito que eu fale com ele – e me elogia o tempo inteiro.

Desconfio de que todas as posições que Marcelo me pede pra fazer ou em que me molda são reproduções exatas que ele assistiu – e ainda assiste – em filmes pornô. São coisas tão específicas! De qualquer forma, eu não me importo de obedecer. O tesão que Marcelo sente em me ver cumprindo todos os seus pedidos, que são sempre delicados, acompanhados de beijinhos e carinhos – só é comparável ao tesão que eu sinto vendo como ele fica. Adoro fazer Marcelo gozar. Adoro especialmente que ele goze tantas vezes, se recuperando rapidamente para fazer tudo de novo. Terminamos nossas noites sempre exaustos, adormecendo nos braços um do outro. No outro dia pela manhã, tomamos banho juntos, transamos mais uma vez no chuveiro e então procuramos algum lugar para tomar café antes de seguirmos nossas vidas. Faz mais de dez anos que Marcelo é meu fuck buddy, mas essa rotina de motel e cafeteria ficou estabelecida tem uns três anos, desde que ele se mudou para a Zona Sul. Ele me busca em casa de duas a três vezes por mês. E sempre paga tudo, pois ganha muito melhor do que eu.

"O que ele faz, mesmo?"

Jaque me perguntou nesta última vez que saímos e contei que Marcelo ia me buscar no dia seguinte. Juntei as mãos como se fosse orar, então abaixei a cabeça respeitosamente e respondi:

"Eu não faço a mínima ideia."

As meninas gargalharam.

"Faz quanto tempo que vocês ficam?"

"Mais de uma década feliz e produtiva!"

Brindamos.

"Que liga que vocês deram, né?"

Jaque debocha:

"Acho tão bonitinho o jeito que a Mel se comunica... O que a Clara deu no Marcelo foi uma tremenda chave de buceta, isso sim."

Fiquei surpresa com o comentário da Jaque:

"Gente, sabe que eu nunca tinha pensado nisso? Acho que é a maior chave de buceta da minha vida!"

"Amiga, acho que é top five chaves de buceta da cidade."

Melissa, entredentes:

"Será que dá pra vocês duas pararem de dizer buceta sem parar?"

Eu e Jaque damos risadinhas. Mel revira os olhos e pergunta:

"Essa é outra relação que tu tem que eu não entendo. Mais de dez anos nessa lenga-lenga. Por que não namoram?"

"Mas hoje você está a fim de me arranjar um namorado, hein? Primeiro foi o Daniel, agora o Marcelo... Daqui a pouco vai tentar me juntar com o Prepúcio!"

"Desculpa!"

Jaque me apoia:

"E tu fala como se arranjar um homem fosse um negócio formidável. Quantos casais realmente felizes, formados por um homem e uma mulher, tu conhece?"

Mel abre a boca, mas é interrompida pela Jaque.

"Não vale citar você mesma e o Renato."

Ela fica pensativa por segundos, então seu rosto se ilumina, mas é minha vez de interromper:

"Nem meus pais. Nem o Zeca e a Ana!"

Rimos muito pela expressão surpresa da Melissa – certamente adivinhamos justamente os casais que ela iria citar.

"As duas andam lendo pensamentos? De qualquer forma, a Clara tem razão. Estou casamenteira hoje. Só mais uma perguntinha: por que vocês sempre vão em motéis?"
"Ele mora longe e eu odeio homem dentro da minha casa. E Marcelo transpira muito, seria um inferno com a roupa de cama."
Jaque fica me observando responder para Mel com um olhar debochado e comenta:
"Além disso, ela grita e tem vergonha que os vizinhos escutem."
Fico absolutamente vermelha na mesma hora.
"Jaqueline!"
"Você grita, *honey bunny*, eu não posso fazer nada!"
Melissa, divertida, questiona:
"Como é que você sabe que..."
E Jaque, rápida:
"Porque eu vivo no mesmo país que ela."
Nem eu aguento a piada e ficamos rindo por muito tempo até Jaque conseguir responder:
"Sei disso desde quando dividimos casa no Campeche."
"De novo essa história do Campeche. Por que eu não estava junto?"
"Você estava na Bahia."
"Ah, sim... minhas primeiras férias de CLT."
Eu suspiro:
"Saudades de um décimo terceiro."
Jaque ri:
"Achei que você fosse dizer saudades do Daniel."
Melissa, interessada:
"Foi com o Daniel que ela...".
"Não", corrijo. "Foi com o Robert Redford."

# 14

Porto Alegre, 22 de novembro de 2021

*SUBSTÂNCIA USADA EM ATAQUES EM PORTO ALEGRE É ÁCIDO SULFÚRICO, CONCLUI IGP*
*Resultado foi divulgado na tarde desta segunda-feira (22). Três mulheres registraram ocorrência policial e investigadores trabalham para tentar identificar o suspeito.*

*A substância usada em ataques nos parques Marinha do Brasil e Farroupilha é ácido sulfúrico, conforme confirmou o laudo do Instituto Geral de Perícias, divulgado nesta segunda-feira (22). A Polícia Civil ainda tenta identificar o autor.*

*Três mulheres registraram ocorrência policial relatando os ataques e já prestaram depoimento.*

*"O problema é a qualidade do produto, como o álcool. Quanto mais puro, mais forte o efeito", destaca o delegado Antônio Almeida, um dos responsáveis pela investigação do caso.*

*O delegado Almeida também explica que existe um controle realizado pela Polícia Federal sobre o produto, mas que qualquer pessoa consegue ter acesso porque é facilmente comprado pela internet ou encontrado em equipamentos que usam o líquido em seu funcionamento.*

*"Quando entra em contato, a primeira coisa que ele causa é o alto poder de desidratação. Depois, acontece o processo de carbonização, deixando uma coloração amarronzada, que pode até necrosar", acrescenta.*

*O ácido sulfúrico pode provocar queimaduras graves, o que aconteceu com todas as vítimas.*

*Ataques entre 17 e 19 de novembro*

*O primeiro ataque aconteceu no fim da tarde de quarta-feira (17), quando um homem de bicicleta jogou o líquido no rosto de uma mulher, no Parque Marinha do Brasil, enquanto ela corria.*

*Na quinta-feira (18) foi registrado o segundo ataque, desta vez no Parque Farroupilha, e na sexta-feira (19), o Maníaco do Ácido atacou novamente no Parque Marinha do Brasil.*

*A Polícia Civil alerta que os ataques ocorrem sempre em torno das 18 horas contra mulheres que estão correndo sozinhas ao redor dos parques. A recomendação* é que evitem essa atividade ou que, ao menos, estejam acompanhadas ao se exercitarem.

A investigação aponta tratar-se de um homem branco com idade aparente de 30 anos. Ele utiliza uma bicicleta verde, um boné preto e óculos escuros.

# 15

"Não achou a Melissa esquisita?"

Eram recém onze da noite quando Mel se despediu da gente e foi embora do Esperança alegando ter que trabalhar cedo. Aliás, essa era a sua desculpa para tudo: o trabalho. Desde que fora promovida, o trabalho estava deixando-a daquele jeito: distraída, aérea e estressada. Estava sem paciência, um pouco arredia. Além disso, hoje aparecera com um corte de cabelo novo, estilo chanel. Achei esquisitíssimo: ela sempre se orgulhou do seu cabelão ruivo caindo na cintura. Assim que apareceu, Galocha se aproximou:

"Temos borrachinhas de cabelo, fitas, tiaras, tic tacs, chuquinhas, perucas, temos..."

Ele recebeu um chega pra lá ríspido de Mel. Estranhei. Não era do feitio dela.

"Achei, Clara. Deve ser a adaptação ao cargo novo, ela começou tem só um mês. Muita responsabilidade. Deve ser muito estressante."

"Não sei não, Jaque. Acho que tem alguma coisa aí que ela não está contando."

"E desde quando guardamos segredos uma da outra? A gente perguntou tudo pra ela: como estão os pais, o namorado, a saúde, o trabalho... E a única coisa de que ela se queixou foi do último. Não tem por que a Melissa mentir pra gente. Somos *hermanas*."

Eu ainda não estava convencida, então minha amiga me disse, carinhosamente:

"*Hey!* A Mel é independente, mas não é orgulhosa. Ela sabe pedir ajuda. Se tiver algo mais nessa história, vamos ser as primeiras a saber. Fica tranquila. Além disso, acho que falei bastante sobre o ataque de ciúme que o Surfista Dourado deu. A coitada nem teve chance de contar alguma coisa mais profunda. Monopolizei nossa conversa. *Sorry!*"

"Imagina, amiga!", eu respondo, os olhos arregalados: "Não tinha como tu não falar sobre isso. É muito recente – e bizarro."

"Na verdade, infelizmente, não tem nada de bizarro. Homem que não sabe lidar com rejeição é a coisa mais frequente do mundo."

Jaque tinha começado, fazia uns dias, a perceber que o Surfista Dourado era, na verdade, um chato de galochas. E que nem era tão bom de cama assim:

"Sabe como é, homem muito bonito raramente se esforça no sexo. No início foi gostoso, mas depois comecei a achar ele tão *lazy*... Na semana passada eu estava na casa dele e comecei a me irritar: aquele cheiro de maconha misturado com o cheiro da porra seca nos lençóis – eu fico impressionada com a falta de higiene dos homens com a roupa de cama! –, o banheiro cheio de mofo, a cozinha uma zona. Daí assistimos àquele filme *Shame*, sabe? Ele não entendeu nada, riu nas partes mais dramáticas. Finalmente fomos trepar porque era a única coisa que me restava. Foi a primeira vez que o sexo foi menos que medíocre. Foi realmente ruim."

"Ai, mana. Eu sinto muito."

"*Gracias, sis.* Sabe aquela sensação de tédio quando você percebe que não vai gozar? Pior: que o sexo vai ser uma mistura tenebrosa de mecânico com atrapalhado? Quando percebi, estava pensando que precisava levar minhas roupas na lavanderia enquanto olhava para o teto. Ainda bem que a coisa toda não durou doze minutos."

"E foi aí que vocês conversaram?"

"Não sou tão cruel assim. A gente dormiu junto e, no outro dia, enquanto tomávamos café da manhã, falei que não ia rolar mais."

Além das trapalhadas em série do Surfista, a verdade é que Jaque estava gostando bastante do Stand-Up Comedy. Minha previsão era que o Último Romântico também iria dançar em breve.

"Ele chorou mesmo, amiga?"

Jaque me olha desgostosa:

"Ele realmente chorou. Fiquei chocada em Cristo. Eu achei que ele não estava nem aí, sabe? Imaginei que ele comia um monte de minas e eu era mais uma na lista dele. E foda-se, ele também era mais um cara entre os outros que eu fico, por mim *no problem*, basta usar camisinha e ter respeito. Nem em um milhão de anos achei que aquele homão ia chorar."

"Se ainda tivesse ficado só no choro..."

"Pois então! Isso que me *pone loca*! Quem ele pensa que é pra me cobrar alguma coisa? E ainda alterando a voz? Pra cima de *moi*? Me ameaçando: 'tu vai te arrepender'... Quer me meter medo? Jamé, mané."

"Eu amei o que você disse pra ele: se é assim que você vai reagir, essa conversa acaba aqui. Aí pegou sua bolsa e saiu, placidamente, do apartamento."

Ela ergue um brinde e pisca pra mim:
"*Very* Jeanne Moreau, *very* Bette Davis!"
Eu concordo e digo, animada:
"Jaqueline, você é o que fica dentro daquele turbante do filho de Gandhi!"
Ela franze o rosto, mas em seguida relembra a música do Caetano e cantamos juntas:
"Dentro daquele turbante do filho de Gandhi é o que há: tudo é chique demais, tudo é muito elegante!"
Prepúcio nos melindra:
"Olha lá, hein? Daniel não veio e deixou representante?"
Gargalhamos.
"Arrasou, Jaque!"
"*Yo lo sé*!", ela concorda e, ainda gargalhando, pega o seu celular. Quando observa a tela, no entanto, muda completamente de expressão. Resolvo imitá-la e pergunto:
"*Que pasa, chica*?"
Mas ela não está para brincadeira e, freneticamente, começa a digitar no telefone, um olhar apavorado.
"O que aconteceu?"
Primeiro, ela murmura:
"Filho da puta..."
Depois, grita:
"Filho da puta!"
E então vira o celular pra mim.
Tenho a sensação de que meu sangue fugiu do meu corpo. Fico petrificada de pavor. O que minha amiga está me mostrando é um vídeo dela fazendo sexo oral em um homem. A imagem parece captada de longe, como se ele tivesse colocado o celular em cima de uma estante ou mesinha.

Depois do oral, ela senta no colo dele e eles continuam transando. Não consegui olhar mais, nem queria. Estava muito apavorada pela Jaqueline. Embora a imagem não fosse um primor, dava pra distinguir perfeitamente o rosto dela quando se levantava para sentar no colo dele.

"Ele mandou um Whats faz dez minutos dizendo que ia jogar esse vídeo na internet. O pau no cu mandou um print, me colocou num site pornô com o arroba do meu Instagram e disse que vai colocar em mais, para todo mundo saber que eu sou uma vadia."

Ela está com uma expressão desvairada e levanta abruptamente:

"Clara, paga a minha parte? Depois te passo um PIX."

"Sim, claro que sim, mas pra onde você vai?"

"Vou resolver essa merda."

Fico ainda mais apavorada:

"Você não vai na casa dele, né?"

"Não. Vou falar com a minha advogada."

Quando pergunto "quer que eu vá contigo?", ela já começa a atravessar o bar e grita de volta:

"Não precisa. Quero ficar um pouco sozinha. Assim que der, te mando uma mensagem."

# 16

Mana,

Está tudo bem. Em primeiro lugar, saiba disso: está tudo bem, de verdade. Eu não vou me jogar da janela do quinto andar. Eu não vou deixar esse MERDA me derrubar. Eu não estou sequer triste. Estou com raiva. Raiva é uma coisa boa, para mim sempre foi. Me coloca em movimento. Raiva é meu combustível.

    Assim que saí do Esperança, acionei a minha advogada. Foi um passo muito acertado, porque ela deu um susto tão grande nele que parece que o negócio foi contido. Poderia ter sido bem pior. É claro que, uma vez na internet, pra sempre na internet, mas o barulho poderia ter sido beeeeem pior, mil vezes pior. Por exemplo: ninguém da faculdade viu, mas eu achei melhor conversar com eles e me antecipar. Disseram que estão do meu lado, então a princípio não serei desmoralizada por TRANSAR – dá pra acreditar numa coisa dessas? Eu não acredito que preciso tomar providências porque um bosta achou que ia me constranger postando um vídeo que mostra para as pessoas que eu TRANSO. Que mané. Que idiota completo!

    Também falei pra minha família. Vai que algum vizinho punheteiro fazia fofoca? Minha mãe e minhas tias só fizeram uma consideração: que eu tome mais cuidado para não ser gravada ou filmada nunca mais. Ninguém me xingou, elas não ficaram magoadas. Não falei nada pro meu pai porque não devo satisfações pra ele, nunca devi e não é agora que vou começar. Já imaginou? "Querido (só que não) pai! Passando para avisar que um cara que me comia vazou imagens minhas fazendo sexo. Um beijo carinhoso, sua filha." Para quê? Não tem serventia nenhuma.

Um olho do cu disparou o vídeo em um grupo de ex-alunos do meu colégio. A coisa se espalhou por ali. Eu te falei que ele me tagueou, né? Pois é. Recebi algumas mensagens de homens asquerosos querendo transar comigo – não, obrigada –, muitas mensagens de apoio de mulheres que não conheço e que estavam no grupo e uma que outra recalcada me escreveu basicamente dizendo que eu mereço o que me aconteceu. Não consegui fazer esse troço que tu faz: não responder e bloquear. Não tenho sangue de barata. Mandei elas chuparem uma rola. Para algumas até mandei áudio: "VAI CHUPAR UMA ROOOOOOOOLA!"

Sororidade é meu cu. Vou dar colher de chá pra quem não me deu nem colher? Mandei chuparem uma rola inclusive indicando que estudem como eu faço no vídeo, já que é um departamento onde mando muito bem.

Obrigada por me apoiar e por entender que nesse momento preciso ficar um pouco na minha. Já te mando um feliz Natal e um feliz ano novo adiantados por aqui caso a gente não se fale mais esta semana.

Logo estarei de volta, renascida das cinzas como uma fênix. Não vou me deitar pra essa gente. Não vou me deitar pra esse cara. Ops, isso eu já fiz – e foi o que me colocou nessa situação kkkkkkkkkkrying!

Fica suave na nave que *te lo juro que estoy bien*. Hasta luego!

Amor,
Jaque – jornalista, doutoranda e estrela do pornô.

# 17

Valéria tinha ainda mais azar do que os nossos colegas que comemoravam aniversário nas férias de verão e que, por isso, tinham festinhas minguadas, sem amiguinhos, já que ninguém costuma estar na cidade. Ela nasceu no dia 24 de dezembro de 1986. Sua festa de aniversário não apenas era feita sem a presença de coleguinhas como também era eclipsada pelo aniversário daquele outro cara: Jesus Cristo. Com indisfarçável mau humor, Valéria aceitava a junção da comemoração do Natal com o seu aniversário, o presente único para as duas datas e a óbvia falta de amigos no evento – afinal, estavam todos com suas famílias. Por isso, criou uma espécie de tradição: no dia seguinte ela promovia um encontro à base de engov e coca-cola com as amigas que ainda não tinham ido viajar para a praia e, depois, conforme fomos ficando mais velhas, com as amigas que haviam sobrevivido à noite natalina e não estavam em casa. Naquele dia, nada de canções natalinas ou pinheirinhos: era tudo sobre ela. Eu fui a todos esses encontros – às vezes levando o engov e a coca-cola, é claro.

 Nós havíamos nos conhecido na escolinha Carrossel quando éramos pequenas. Val era minha companheira de aventuras. Gostávamos de fazer dupla nos trabalhinhos, de andar de braços dados pelo pátio, de desenhar juntinhas, enfim: éramos inseparáveis. Começamos a frequentar a casa uma da outra ainda crianças e, quando fomos para colégios diferentes, o laço foi mantido. Val é minha amiga mais antiga.

Conforme fomos desenvolvendo nossas personalidades, encontramos diversas diferenças. Algumas eram diferenças cruciais: Valéria implicava com a esquerda, implicava mais ainda com o movimento feminista e tinha um comportamento submisso com homens, o que sempre me irritou. Uma sanha em querer agradá-los que me deixava louca! Ao mesmo tempo, Val era uma pessoa muito carinhosa e generosa, sempre disposta a acolher e ouvir. Quando conversávamos sobre nossas vidas e sobre arte – filmes, peças, livros e discos – a coisa andava às mil maravilhas. Era só não citar política.

Em 2016, com o golpe e tudo o que veio junto, esse acordo ficou impossível. Era inevitável discutir o assunto, e nós brigamos algumas vezes. Desde então, nossos encontros passaram a ser mais esparsos. Para ser exata, nós nos víamos duas vezes por ano: justamente nos nossos aniversários.

As amizades têm contratos próprios. Nossos dois encontros anuais – e algumas mensagens trocadas aqui e ali – davam conta do amor que sentíamos uma pela outra: nós chegávamos cheias de saudades, conversávamos muito e então seguíamos nosso rumo aliviadas por não termos falado sobre o PT, o MDB, o PSOL...

Val teve uma filhinha há dois anos – e foi neste ano que quebrei o contrato, encontrando minha amiga diversas vezes, no chá de fralda, na maternidade etc. – e havia, nesse período, cancelado as festinhas de aniversário dia 25. Este ano, no entanto, estava cansada de ficar em casa o tempo inteiro e tinha resolvido retomar. Como ela resolveu de última hora, conseguiu falar apenas comigo – e lá fui eu, bravamente, com uma cartela de engov na bolsa.

O marido dela, Adriano – que eu sempre achei um banana –, havia ficado contrariado.

"Ele disse que eu deveria passar o aniversário com a família e não em um bar."

"O aniversário é seu e você faz o que quiser."

"Eu sei, foi o que eu disse pra ele. E, além do mais, poxa, eu passei ontem o dia inteiro com eles, cozinhando, limpando, preparando a casa pra receber nossas famílias... Eu estou cansada, sabe?"

Fiquei com pena da Val. Segurei sua mão:

"Não sei porque não tenho filhos, mas posso imaginar."

Ela balançou a cabeça positivamente. Vi que estava com os olhos marejados:

"Tu sabe que eu não sou dessa coisa que tu é..."

Eu sorri:

"'Essa coisa que tu é.' O feminismo é um movimento, Val. Não uma seita."

Ela riu e pegou um guardanapo:

"Tem certeza?"

Rimos as duas. Ela secou os olhos e, com a ajuda de um espelhinho que levava na bolsa, retocou a maquiagem. Finalmente disse:

"Tu sabe que eu não sou feminista, não acho horrível ficar em casa com a Laurinha, gosto de ser mãe, de ser dona de casa, eu sempre quis isso..."

"O feminismo não diz que você não pode ser mãe ou dona de casa e nem acha ruim se você gostar de ser."
Ela respirou fundo:
"Clara. Eu estou tentando dizer uma coisa aqui." Fiquei com vergonha de tê-la interrompido.
"Eu não sou feminista, nunca me queixei para o Adriano por nada, nada. Ele chega em casa todos os dias e encontra tudo em ordem. A casa brilhando, as roupas passadas, comida no forno, Laurinha bem alimentada, saudável e eu bonita, penteada, cheirosa... Sabe, eu voltei a vestir 36 três meses depois que ela nasceu."

Tenho imensa dificuldade de ouvir essas coisas todas, acho tudo problemático, e a rotina de Valéria é semelhante, para mim, a um regime de trabalhos forçados. Mas fico em silêncio, pois sei que, se eu argumentar, ela vai brigar comigo como sempre acontece. Valéria não vai mudar, não adianta.

"E eu quis tudo isso, gosto de ser essa mulher, essa esposa, essa mãe. Eu gosto de verdade. Só que estou cansada. Estou tremendamente cansada. Clara, faço tudo sozinha. Nunca quis ter uma babá, nem uma pessoa para fazer uma faxina eu chamei na minha vida e é muito pesado, sabe? Amiga, é muito pesado, não quero me queixar de barriga cheia, sou uma pessoa muito abençoada, muito sortuda, mas estou... estou exausta."

"Claro que está. É exaustivo, amiga. Só de ouvir você falar eu fico cansada."

"Pois é..."

Ela bebeu mais da tacinha de espumante à sua frente. Estamos no Carrie's, o único bar que abre todos os dias, mesmo no Natal ou ano-novo. Ao contrário do que pen-

sei, tem bastante gente no boteco e a noite está animada. Valéria ficou um pouco atordoada ao entrar no bar – eu já estava esperando ela com um caderno e uma caneta desde as 18 horas, quando Carrie's abriu. Fazia uns dias, tinha começado a escrever um livro, um romance policial, e não conseguia mais pensar em outra coisa. Foi muito engraçado, enquanto descrevia a adolescência da minha personagem, Rosa, levantar o rosto do caderno e dar de cara com Val, seu olhar aparvalhado no meio da multidão.
"Adquiriu fobia social, mamãe?"
Ela sorriu ao me ver. Pareceu aliviada:
"Ainda bem que tu já está aqui. Eu não saberia nem o que fazer sentada sozinha em um bar... Faz tanto tempo!"
Quase quatro anos, entre a gravidez, o nascimento e o período em que Laura mamou no peito. Valéria simplesmente não saía. Não era à toa que estava exausta.
"Quando acordei hoje de manhã e vi a montanha de louça na pia – a única coisa que pedi para o Adriano fazer! –, eu tive vontade de jogar aquilo tudo pela janela."
"E o que você fez?"
"Eu lavei."
"Amiga..."
"Se eu pedisse pra ele lavar ele não ia lavar na hora ou não ia lavar direito e eu só ia me irritar. É sempre assim."
A boa e velha malandragem de não fazer as tarefas domésticas "direito" para se livrar delas. Adriano não era um banana. Era um otário mesmo. Val, em seus jeans 36 de grife, suspirou:
"Então depois de arrumar a casa, fazer almoço, colocar a Laurinha para tirar uma soneca, eu tomei banho e anunciei que ia para a *balada*."

Comecei a rir de forma espontânea. Fiquei imaginando a cara do Adriano. Valéria também riu:

"Acho que nem se diz mais 'balada', né? Tu tinha que ver a expressão do Adriano. Parecia que eu tinha dito que ia para uma casa de swing com o nosso contador."

Quase morri de rir. Ela se divertiu:

"Foi hilário! Daí eu fui para o quarto me arrumar e te ligar, rezando para todos os santos que tu estivesse disponível!"

"Nem que eu estivesse ocupada na casa de swing com o contador de vocês perderia essa oportunidade, Val. Que satisfação imaginar o Adriano com cara de pastel enquanto você pronunciava a palavra 'balada'..."

Estamos rindo quando o celular de Valéria toca. Com suas mãos bem cuidadas, a manicure feita e anéis elegantes, Val atende seu iPhone último modelo:

"Como assim o que é que ela come, Adriano?"

E faz sinal para mim, pois vai atender no hall do bar. Maldito Adriano! Acha que a Laura come o quê? Ração para crianças?

Infelizmente, depois dessa ligação vieram mais duas: uma sobre a temperatura da água para o banho da pequena e outra com dúvidas sobre o que passar primeiro para limpar o bebê na troca de fraldas. Fiquei chocada ouvindo Valéria falar enquanto levantava, quase chorando:

"Pega os lencinhos umedecidos que estão dentro do estojo do Elefante Bimbo e..."

Ficou muito claro que ele não iria parar de ligar. Valéria ficou frustrada, estava mais que irritada: estava simplesmente triste.

"Perdi totalmente a vontade de beber, tu me perdoa? Vou voltar pra casa antes que o Adriano ateie fogo na casa, na Laurinha e no Elefante Bimbo."

Fiquei triste por ela. Nos abraçamos longamente e ela prometeu me enviar uma mensagem ao chegar em casa. Enquanto não pegavam o Maníaco do Ácido, essa se tornou uma prática ainda mais comum entre amigas quando se despediam. O Carrie's, além de tudo, era próximo ao Parque da Redenção.

Resolvi terminar meu cosmopolitan e escrever mais um pouco antes de ir embora. Meu plano, no entanto, foi frustrado por um cara que me abordou assim que Valéria saiu:

"Oi, tudo bem? Qual teu nome? O que tu faz? Onde tu mora?"

Ele estava visivelmente bêbado. Dei um suspiro fundo e tive gana de responder:

"Meu nome é Kátia Flávia, a Godiva do Irajá e eu me escondi aqui em Copa."

No entanto, minha educação não permitiu:

"Olá, me chamo Clara e sou escritora. Moro no Bom Fim. E, amigo, não estou com vontade de conversar."

Ele se ofende:

"Mas nem me conhece ainda e já sai dizendo que não quer conversar! Não podia ao menos perguntar o meu nome?"

Guardo meu caderno e caneta dentro da bolsa, que coloco no ombro:

"Qual o seu nome?"
"Não te interessa!"

Ele responde com uma gargalhada boçal. Está suando e perde o equilíbrio por um momento, encostando na cadeira em frente para não cair. Dou de ombros e começo a caminhar para o caixa. Ele fala bem alto:

"Tu tem o que, uns quarenta anos? Deveria dar graças a Deus que um homem prestou atenção em ti."

Senti meu rosto aquecer, um misto de raiva e vergonha. Respiro fundo e digo, controlando o tremor do corpo:

"Me deixa em paz, cara."

Ele balança a cabeça, rindo. Enquanto vira o corpo para se afastar, comenta com desdém:

"Essas mulheres são todas umas escrotas. Depois não entendem por que um cara está jogando ácido no rosto delas..."

Eu não sei o que me deu. Talvez tenha sido o episódio recente que aconteceu com a Jaque. Talvez tenha sido o ódio que fiquei do marido da Val. Talvez tenha sido mais uma abordagem nojenta de um homem que não pode ver uma mulher sozinha no bar sem resistir ao impulso de importuná-la. Olhando em retrospecto, provavelmente foi a soma de tudo isso. Sem que eu pensasse no que estava fazendo, me joguei em cima do cara, socando a cabeça dele. Ele se protegeu, assustado e surpreso, mas eu segui esmurrando o que conseguia esmurrar, com uma fúria inédita. Eu nunca tinha batido em ninguém antes, eu nem sei dar soco, machuquei muito a mão, mas bati nele com toda a força que tinha enquanto o bar parecia paralisado, como se fosse um filme, só nós dois em ação – eu batendo e ele se protegendo –, eu batendo com ódio, completamente descontrolada, cega de raiva. Não sei quanto tempo isso durou, deve ter sido segundos, mas eu não parei por conta própria. Provavelmente ainda estaria batendo nele até agora se não tivesse sido interrompida. De repente, senti alguém me segurando por trás, imobilizando os meus braços e cruzando-os contra o meu peito. Essa mesma pessoa me ergueu do chão e me levou em direção à saída enquanto eu gritava e esperneava. Alguém abriu a porta para a nossa passagem, mas quem me segurava não se limitou a apenas me colocar para fora: seguiu andando comigo pela calçada até estarmos a uma quadra de distância do bar.

Eu finalmente consegui me soltar. Me virei e vi quem estava me segurando: um homem branco de olhos castanhos, de camiseta verde e calça jeans. Um tipo comum. Ele me olhava de um jeito curioso, nem assustado nem espantado. Estava suado e um pouco ofegante do esforço de me carregar, mas, fora isso, parecia calmo e seguro, como se tivesse feito uma coisa boa e incontestável. Aquilo me deu mais raiva ainda. Berrei:

"Eu não preciso que ninguém me defenda! Eu sei me defender muito bem sozinha!"

Ele responde com simplicidade:

"Você deixou isso bem claro no bar mas, de qualquer forma, eu não estava te defendendo de ninguém."

Ainda furiosa, indago:

"Então o que caralho você estava fazendo quando me tirou de cima dele?"

Ele recupera o fôlego e responde didaticamente, como se seu raciocínio fosse o mais normal do mundo:

"Eu ouvi tudo desde o princípio, escutei todas as merdas que ele te disse. Ele mereceu, tudo bem, mas eu pensei que, se você continuasse arrebentando a cara dele, provavelmente o cara seria hospitalizado. Você tem ideia do quanto estava batendo? Parecia um remake de *Touro indomável!* O gerente do bar já estava chamando a polícia. Se a polícia viesse, não ia ter jeito: você seria presa. Tinha um milhão de testemunhas. A polícia chegaria puta da cara de atender esse chamado no Natal, você não teria chance nenhuma. Com certeza seria presa. Já era o seu réu primário. É isso que você quer? Desperdiçar seu réu primário por causa de um palhaço? Certamente não. Por isso eu te segurei."

Fiquei confusa. Quem faz uma sinapse dessas tão rapidamente?

"Como é que você conseguiu pensar tudo isso em segundos?"

Ele deu de ombros:

"Não sei. Talvez eu leve a sério demais o benefício do réu primário."

A justificativa dele foi tão surpreendente que comecei a rir. Ele também começou a rir:

"Aliás, eu estava supondo que você tivesse réu primário, mas agora tenho minhas dúvidas. Você decorou os movimentos do Muhammad Ali e testa em homens idiotas que encontra em bares?"

Eu continuo rindo. Ele pega minha mão para ver se os nós dos meus dedos ficaram machucados. Enquanto avalia o estrago, pergunta com fingida casualidade:

"Você é a líder de uma gangue feminista que espanca assediadores, é isso?"

Sorrindo, respondo:

"Não. E você é autodesignado salvador de réu primário de moças indefesas?"
Ele nega com a cabeça:
"Só das que sabem se defender. Sabe como é, assim evito de apanhar."
"E ainda sai de herói!"
"Exatamente."
Um pouco sério, ele passa as mãos nos nós dos meus dedos esfolados e vermelhos:
"Vai ter que passar um gelo aqui..."
"Você é enfermeiro?"
"Sou advogado."
"Agora entendi de onde vem o talento para argumentar."
Ele sorri:
"E você, além de líder de gangue e boxeadora, faz o quê?"
"Sou escritora."
Ele fica genuinamente admirado:
"Uau! Uma escritora que luta boxe. É do clube do Hemingway!"
Reviro os olhos e faço pouco:
"Ele tem referências. Ele defende as donzelas. Ele é advogado. Que mais?"
"Ele se chama Caetano."
Caetano faz sinal de que já volta, entra na loja de conveniências do posto de gasolina do outro lado da rua e retorna minutos depois com um picolé de limão dentro do pacote.
"Eles não têm gelo. Isso vai ter que servir."
Enquanto encosta o picolé nos meus ferimentos, comento:

"Eu nunca conheci alguém que se chamasse Caetano além do cantor. Seu nome é por causa dele?"
"Isso."
"Quem é fã, seu pai ou sua mãe?"
Ainda concentrado em fazer os primeiros socorros, responde distraído:
"Minha mãe. Ela se amarra em MPB. O meu irmão se chama Chico. Quer dizer, se chama Francisco, mas todo mundo chama ele de Chico."
"Minha irmã mais velha é Carolina por causa da música homônima do Chico. Minha outra irmã é Joana por conta da Joana Francesa e o meu irmão, Pedro, por causa do Pedro Pedreiro."
Ele se diverte com a história de batismo musical da minha família e pergunta:
"E você é qual música do Chico Buarque?"
Balanço a cabeça negativamente:
"Nenhuma. Sou uma personagem de um livro da Isabel Allende. Me chamo Clara."
"Bonito nome. Clara e seus três irmãos!"
Eu corrijo:
"Quatro irmãos. Não falei da mais moça. Ela se chama Ana Helena."
"É nome de música ou personagem de livro?"
"Nem uma coisa nem outra. Minha mãe preferia Helena e meu pai preferia Ana."
"Que boa equipe: juntaram as preferências."
Ele hesita um pouco, pressionando meu machucado com o picolé. Então, finalmente diz:
"Já eu prefiro Clara."

Fico vermelha e tento disfarçar:
"E para ouvir prefere Chico ou Caetano?"
Ele levanta a cabeça, me olha nos olhos e diz:
"Eu prefiro o Gil."
Seus dedos acariciam de leve a minha mão e ele pisca pra mim.
Foi naquele momento.
Foi naquele exato momento que eu me apaixonei.

# 18

Oi, boxeadora,
Feliz ano novo! Acabei de te ver linda com tuas irmãs na beira da praia em uma foto no Instagram. Fiquei com vontade de te escrever – e te ver, te tocar. Sei que a gente acabou de se conhecer e não quero te assustar, mas já estou com saudades.
Queria estar contigo. Quando voltar para Porto Alegre, me avisa. Meu corpo está achando esquisitíssimo andar distante do teu.
Que coisa engraçada: eu sempre andei devagar, Clara, mas agora estou com pressa. Estou com pressa de ti.

Um beijo,
Caetano

# 19

"Achei meu Zeca, Ana!"
 Enquanto Caetano cumprimenta Zeca com um abraço afetuoso, segredo no ouvido da minha amiga essa declaração. No Esperança, todo mundo que quer amar e ser amado brinca de querer achar sua Ana, achar seu Zeca. Embora eles briguem – até passaram um período breve separados esses tempos –, é nítido o quanto se amam.
 Depois do Natal eu e Caetano não nos desgrudamos por cinco dias. Como estávamos livres – ele de férias e eu entre freelas –, passamos os dias e as noites juntos. Fomos ao cinema ver o último do Almodóvar, pedalamos até o Iberê Camargo, andamos de pedalinho no Lago da Redenção, bebemos água de coco na Orla do Guaíba, cozinhamos juntos – almoços e jantares – e fizemos amor diariamente, mais de uma vez por dia. Eu sentia tanto prazer com Caetano que chegava a ficar espantada com a minha entrega e com o meu gozo fácil. Eu gozava em qualquer posição, mesmo quando ele estava por cima de mim (o que pra mim era inédito). E desde a primeira vez foi assim. Uma coisa muito extraordinária!
 Nós nos sentimos muito conectados desde o princípio. Tudo funcionava divinamente: conversávamos por horas, trepávamos por horas e tínhamos real interesse um pela vida do outro.

Caetano foi o primeiro homem a pedir que eu lesse para ele o que estava escrevendo. Se animava com a criação do meu romance policial, ajudava com teorias, perguntava como as coisas estavam indo, se eu havia tido algum progresso na história de um personagem. Eu também me interessava verdadeiramente por sua carreira, os casos do seu escritório, sua família (adorava seus pais e Chico) e seus planos.

Depois do nosso primeiro encontro, só nos separamos porque eu iria passar, como sempre, o ano-novo com minha família na Praia dos Açores. Assim que voltei de viagem, fui para a casa dele. Estávamos namorando fazia quatro meses e já acalentávamos a ideia de morar juntos, embora Jaqueline tivesse me recomendado precaução.

"*Take it easy*, mana. É tudo tão recente."

Eu não entendia, não fazia sentido pra mim. Para que esperar? Eu tinha certeza. Eu tinha achado o meu Zeca!

Atravessamos o bar de mãos dadas cumprimentando, no caminho, toda a turma: Cabelinho, Galocha, Passarinho, Cotinha... Até chegarmos na nossa mesa: Jaque com o Stand--Up Comedy e Mel com Renato.

Jaqueline estava maravilhosa, completamente recuperada do episódio do vídeo. Segundo sua advogada, já não havia resquício das imagens na internet. Bem, talvez isso não fosse inteiramente verdade, mas a informação satisfez Jaque. Stand-Up Comedy – que na verdade se chamava Leon e era um psicólogo bonito de olhos claros – ficou ao seu lado durante todo o processo, condenando a atitude do imbecil que expôs o vídeo e não a minha amiga, como qualquer pessoa decente faria. Eu, que sempre admirei Jaqueline, havia me transformado praticamente na presidenta do seu fã-clube, vendo como ela se comportou. Que coragem! Que mulher! Embora Melissa continuasse mais quietinha e um pouco irritadiça, foi uma noite gostosa. O namorado de Jaqueline era de fato muito engraçado e fazia observações hilárias sobre os filmes e séries que estávamos comentando. Aliás, as únicas risadas que Melissa deu neste dia foram por causa dele. Eu estava muito contente: era maravilhoso ver meu namorado interagir tão bem com os meus amigos! Além disso, estava muito apaixonada. Nossa relação era tão natural, era tão fácil estar com ele. Era como se estivesse escrito e agora a gente só precisasse obedecer o destino.

Em um dado momento, Caetano trocava impressões com nossos amigos sobre *Sopranos*, a série que nós todos amamos, e eu estava observando ele falar. Ele acariciava a minha mão por cima da mesa, sentado ao meu lado, conversando animadamente. Zeca, que vinha voltando do banheiro, viu a cena e se aproximou de Caetano:

"Companheiro, percebeu o jeito que ela te olha?"

Caetano se surpreendeu e virou o rosto para mim que, um pouco tímida, sorri.

"Me diz que homem no mundo não quer ser olhado desse jeito? Que sorte a sua. Que lindo!"

Caetano sorriu orgulhoso para Zeca e me beijou. Encostei minha cabeça no ombro dele e senti uma alegria tão intensa, quase palpável.

Era lindo, era imenso. E foi tão rápido, tão sem complicações.

Claro que não ia durar, mas eu ainda não sabia disso.

É natural da paixão cegar para o lado ruim, perigoso, feio de uma relação. Com Caetano, os dias foram cheios de alegria, de sexo, de cerveja, de preguiça de domingo, de brindes e passeios de mãos dadas. Mas, lamentavelmente, também foram cheios de pequenos episódios de ciúmes.

No início, não era nada de mais: um comentário meio atravessado sobre um amigo meu, um palpite sobre uma roupa que "poderia te colocar em uma situação perigosa", um acariciar meu punho de leve se eu, um pouco bêbada, gargalhava mais alto... Um controle sutil. Não era escancarado. Caetano pedia desculpas depois, prometia que ia mudar. Eu perdoava, porque achava que eram coisas pequenas, detalhes.

Quando olho pra trás, percebo que vivia com uma sensação esquisita: era como se uma sombra espreitasse a gente, oprimisse a gente – ou, pelo menos, me oprimisse. Ela também era quase palpável: no final eu mal conseguia respirar.

Conseguimos escapar desse eclipse iminente por meses até que, finalmente, ele nos engoliu.

O ciúme é um mal de raiz.

# 20

Caetano,
Eu quero falar das transformações que aconteceram aqui desde que você chegou. Elas foram imensas, intensas, urgentes, cósmicas, perfeitas. Primeiro veio a paz. Uma paz enorme. Era um pouco cômico, também: tantos pacotes de camisinha espalhados pelo chão! A gente inventando novas formas de se abraçar naquela preguiça de quem escuta a correria da cidade, que alarde: será que é tão difícil amanhecer? Nossa vontade era ficar ali deitado, parado no instante de nunca parar, no nosso pequeno universo, nossa ilha, as longnecks se equilibrando na mobília, livros, muitos livros, alguns planos, seu jeito de me tocar, meu jeito de te querer.
Depois da paz, Caetano, depois da paz veio uma onda de frenesi e desassossego. Fiquei doente de ti. Uma febre, delírio, sentir saudades um minuto depois de sair da sua casa, acordar de madrugada sobressaltada porque não estava do seu lado e ter medo, ter medo, ter medo de que você perdesse o interesse por mim a qualquer instante, a qualquer segundo. Então me ocupar, pegar mil trabalhos, combinar rodas de samba e cervejas – não mais encontros com outros homens, pois já nenhum me interessava, eu só queria, só quero

você –, mas a sua imagem poderosa, insistente, teimava em aparecer. Eu tive que fechar o laptop muitas vezes para me deitar na cama e me tocar pensando em tudo o que você fazia comigo porque só isso me acalmava, mas mesmo assim logo vinha uma outra onda, a mesma onda. A onda dessa necessidade acachapante de você. É isso, apaixonar-se? Sentir sua presença, não querer entrar no chuveiro para não perder seu cheiro, querer te beijar a todo instante, ter vontade de chorar quando terminamos de fazer amor porque é sempre incrível, observar meu corpo com atenção no espelho quando você me solta, quando você me liberta – e eu nem quero, eu nem quero, eu quero que você fique agarrado comigo, quero me perder em você –, quando você me deixa livre, eu me olho com atenção pra procurar que mapa você deixou em mim. Quais marcas, chupões, tapas, apertões, vestígios, lembranças, segredos? Morro de alegria, sabia? Eu ralho com você, passo maquiagem por cima, mas morro de alegria, porque sei que você me quer de um jeito que não está cabendo aí. Não está cabendo aqui também.

Foi aí que transbordou. Dessa paz que virou a onda que se ergueu no mar que virou o tal tsunami de que você me chama, o tsunami Clara Corleone, responsável por sugar todas as suas energias, te deixar exausto, todo mundo perguntando o que você tem – e você responde, sorrindo, "eu tenho Clara Corleone" – depois que isso acalmou um pouco, a novidade, o sonho, o encontro, parece que... Parece que levantou um sol no meu coração. Um sol tão grande, Caetano. Uma alegria tão forte, uma coisa até violenta e talvez pornográfica: é, afinal, permitido ser tão feliz? É justo que sejamos tão absolutamente felizes? Andar agarrada no seu corpo pelas ruas, entrar no apartamento me despindo, amar ser sua, não me importar em ser vista nua pelos vizinhos, adorar você adorando me exibir, os sorrisos idênticos, meu corpo pulsando de necessidade do seu, pulsando, pulsando, pulsando, um não querer parar, uma força, uma coisa escandalosa. Uma coisa maravilhosa.

Estou descoberta, Caetano.

Você me viu.

As portas estão todas abertas.

# 21

Logo na segunda vez que dormimos juntos, ainda de madrugada, nossos corpos suados e grudados um no outro, eu de lado e Caetano soprando minha nuca enquanto deslizava a mão pelo meu corpo, ele de repente deu uma palmada na minha bunda. Eu me arrepiei de leve e ele percebeu. Chegou ainda mais perto de mim e perguntou:
"Pode bater?"
Eu assenti, sem me virar para ele. Ele bateu mais uma vez, mais duas, mais três. Fez que bateria mais uma vez, meu corpo estremeceu levemente, mas não bateu. Ele riu da minha reação – "o que aconteceu?" – e finalmente deu a quarta palmada. Gemi alto. Isso deixou Caetano muito excitado. Enquanto abria com uma mão a gaveta para pegar mais uma camisinha, virou meu corpo de barriga para baixo com a outra, em um puxão. Sussurrou:
"Tu tá toda machucada, sabia? Eu vou te comer de novo"
Seu pau duro entrou com facilidade dentro de mim, eu também estava excitada – e um pouco assustada.
Tive alguns homens que eram mais violentos na cama, mas foram poucos. O jeito delicado, tímido de Caetano, não me deu nenhuma pista de que ele se comportaria dessa forma. Sou absolutamente contra pudores entre quatro

paredes, acho apenas que as pessoas precisam respeitar – se respeitar e respeitar o parceiro –, e isso pode acontecer em qualquer tipo de relação sexual: deve haver respeito no papai e mamãe, deve haver respeito no sexo grupal. Por que não?

Eu já tinha, como disse, tido experiências com homens mais agressivos, mas nada se comparava com o que passei a viver com Caetano. Eu tive alguns caras que gostavam de bater – especialmente na bunda, preferência nacional –, uns poucos no rosto – não é a minha praia – e, menos ainda, os que queriam estrangular o meu pescoço – e eram desincentivados com um firme "não".

Gosto de me sentir dominada até um certo ponto, mas preciso ter a segurança absoluta de que, assim que eu mandar o homem parar, ele vai parar. Creio que funciono dessa forma porque, quando eu era realmente pequena, um homem desconhecido me tocou sem o meu consentimento. Não apenas me tocou, como esfregou seu corpo de adulto no meu de menina, em movimentos repetidos. Ainda lembro do suor do seu corpo, o sol a pino, o verde da grama, meus cabelos muito loiros, meu corpo pequeno. Lembro da sensação de pânico de intuir que aquilo era errado ao mesmo tempo que não sabia o que era aquilo. Eu não pedi para ele parar – como se pede para parar algo que você desconhece? –, eu apenas consegui me livrar dele e sair correndo. Isso aconteceu em um verão, na casa ao lado da casa dos meus avós. Enquanto eu corria, outros homens que estavam trabalhando nessa casa riram da minha fuga. Talvez meu abusador também tenha rido. Demorei muito tempo para entender por que – mesmo ao fazer sexo com alguém absolutamente confiável, como um amigo querido ou Marcelo – quando eu me sentia presa ou percebia que havia a possibilidade de me machucar durante o sexo, eu entrava em pânico. Bastava dizer "não" ou "para" que era atendida na hora, mas mesmo assim a sensação ruim demorava a passar.

Isso dito, é preciso entender que comecei a alargar os meus limites no relacionamento com Caetano. Eu pensei que estava me curando.

Os apaixonados adoram se enganar.

Na terceira vez que dormimos juntos, Caetano inspecionou meu corpo nu e, quando chegou na bunda, disse:

"Já não tem mais nenhuma marca."

Eu concordei:

"Saíram de manhã, eu olhei no espelho."

"Então vou ter que bater mais forte."

Ele fez uma pausa pesada antes de dizer:

"Ou te bater com um cinto. Aguenta apanhar de cinto?"

Pode parecer careta e talvez seja, mas eu senti medo. Senti medo de que ele me machucasse pra valer. Mesmo assim, não queria fechar uma porta por medo de experimentar. Ora, se ele quisesse me bater com o cinto, por que eu não deixava? Se não gostasse, bastava pedir para parar. Ele guardaria o cinto e não falaríamos mais nisso. Talvez eu também estivesse prestes a descobrir uma nova e fantástica prática sexual que me daria muito prazer. Muita gente gosta. Eu poderia ser uma dessas pessoas.

"Aguento."

Caetano levantou da cama. Fiquei no escuro, ouvindo seus ruídos – abrir armário, gaveta, vasculhar conteúdo às cegas – arquejando. Ele voltou. Eu estava de bruços, a cabeça voltada para o lado direito. Ele ajoelhou do meu lado esquerdo e disse:

"Olha pra cá."

Obedeci e vislumbrei, na penumbra, um cinto de couro preto na sua mão, dobrado em dois:

"É com isso aqui que eu vou te bater."

Quando terminou de me bater, o pau dele estava duro, latejando, e transamos imediatamente. A violência excitava Caetano.

Com ele eu senti, pela primeira vez, vontade de expressar todos os meus desejos sexuais. Eu me senti muito livre. Não havia vergonha. Não havia barreiras. Estávamos ávidos por experimentar. Estávamos ávidos um pelo outro. Avassalador. Nosso encontro foi assim. Demorei – muito mais tempo do que gostaria de admitir – para entender que também havia, ali, um elemento negativo. Um outro lado da moeda. "Avassalador" tem muitos sinônimos, você pode procurar no dicionário ou buscar no Google: Arruinador. Devastador. Opressor. Destruidor.

Acho que comecei a enxergar (ainda que parcialmente) a realidade quando Jaque, ao me encontrar feliz falando coisas como "pertencer", "ser dele", depois de me deixar falar apaixonadamente sobre o relacionamento – como eu fui chata naquele período! Como os apaixonados são chatos! –, me dar a mão por cima da mesa e dizer, me encarando muito séria:

"Tu fala como se fosse o prêmio desse cara."

E, sem vacilar diante da minha expressão estupefata, completa:

"Tu não é um prêmio. É uma mulher."
Ou talvez eu tenha começado a enxergar quando Daniel, mesmo gracejando, comentou o fato de eu achar bonitinho os ciúmes que meu namorado sentia: "É tudo muito bonitinho até aparecer no Cidade Alerta..."
Ninguém consegue enxergar quando está submersa. Você enxerga depois. E isso se tiver sorte. Se estiver viva.

# 22

Oi, Clarinha! Tudo bem por aí? Espero que sim. Acabei de tomar um banho, pensei em ti no banho mesmo, se é que tu me entende kkkkkk lembra aquela vez que a gente fez a banheira transbordar no motel? Valeu cada centavo da taxa de danos hahahahah! Então, gata, tô te escrevendo pra saber se tu tá disponível, se tá na pista... Ou ainda tá namorando aquele magrão? Não quero ser inconveniente, mas me deu uma vontade de ti... Se quiser um revival do banho de banheira – dessa vez sem transbordar! – e outras *cositas más, let me know*. Saudade de te pegar daquele jeito, te olhando em todos os espelhos, incluindo o do teto... Aiiii, tô me passando já. Beijos! Beijos em tu todinha!

# 23

"Tu respondeu?"
"Expliquei que estava com o Caetano. Quer ler a mensagem?" Perguntei, virando o telefone na direção de Jaque.
Melissa, que estava ao lado dela, vislumbrou a tela do celular e perguntou:
"O que é aquilo ali em cima?"
"Uma foto", Jaque respondeu.
"Deve ser um nude meu. Podem olhar, não me importo."
Mel enrubesceu:
"Clara, tu não acha perigoso mandar fotos assim pela internet?"
Jaqueline foi buscar mais um vinho no balcão da cozinha. Estávamos almoçando na Jaque, fazia um domingo de sol e a ideia era irmos passear na Orla de tarde.
"Queria que ela mandasse por onde, Melissa? Pelo pombo correio?"
Melissa fez uma careta estranha.
"Que foi, minha ruiva?"
Ela me prescrutou com o olhar e então olhou pra Jaqueline, já de volta com o vinho aberto. Fez um leve aceno com a cabeça. Foi a vez da Jaque fazer uma careta:

"*Que pasa, chica?*"

"Não quero julgar..."

Melissa começou a falar, mas se calou.

"Amiga, fala. Tá tudo bem."

Ela torcia as mãos:

"Não quero julgar, mas, depois do que aconteceu com a Jaque, vocês não acham que deveriam ser mais cuidadosas com a imagem de vocês na internet? Tipo, não se expor? Porque pode acontecer de novo... Quem garante, Clara, que o Marcelo não vai ficar brabo contigo como o Surfista ficou com a Jaque, e vai jogar tuas fotos em um site também?"

"Ninguém garante", eu disse com simplicidade.

Mel franziu o rosto.

"O que a Clara está tentando dizer, acho, é que ela – e eu, aliás – somos assim, Mel. E não tem problema nenhum ser assim. Não temos galho em mostrar o corpo, fazer sexo casual, mandar nudes... Se um cara resolver trair nossa confiança e vazar essas imagens, o problema é dele, ele está errado. Não estou dizendo que foi agradável o que aconteceu comigo, mas não foi o fim do mundo. Eu sabia que não tinha cometido nenhum erro, nenhum crime, que não estava ferindo ninguém. Com a Clara, a mesma coisa. Somos pessoas adultas nos divertindo com homens adultos. Não há vergonha nisso."

Enquanto servia nossas taças, acrescentei:

"E também não há vergonha nenhuma em ser assim do seu jeitinho, recatada. Está tudo certo. Infelizmente, amiga, sendo do seu jeito ou sendo do meu jeito, nada impede um homem de te sacanear. Não há regra. Tem marido que fica décadas com a mulher, tem filhos com ela e, mesmo assim, expõe fotos íntimas deles depois. Então, já que não tem jeito, eu prefiro ser como eu sou. Não vou deixar de fazer o que estou a fim de fazer por medo da possível reação de outra pessoa."

"Lembrando aqui que a Clara é branca, é adulta, é hetero, é cis e é até de classe média embora nunca tenha um puto", a Jaque acrescentou. Nós duas rimos:

"Boa, Jaque! Eu falo isso de todo esse lugar de privilégio. É diferente para uma adolescente, por exemplo – tem casos em que essas garotas até se suicidam ao serem expostas, uma tristeza –, assim como também é diferente para mulheres negras, com alguma deficiência, periféricas... Cada caso, um caso."

Melissa olhou para baixo e assentiu. Falou, baixinho:

"É, não tem como prever... Não tem um jeito certo de agir para se proteger."

Que esquisito! Ela estava tão frágil de repente. Parecia tão pequena. Percebi que seus olhos estavam úmidos. Eu e Jaque trocamos um olhar preocupado.

"Não tem o que fazer. Simplesmente não tem o que fazer."

Melissa agora falava mais para si mesma do que para a gente. Eu perguntei:

"Amiga, o que foi?"

Ela então levantou a cabeça e eu vi que estava realmente lacrimejando. Deu de ombros de um jeito fragilizado. Parecia uma criança:

"Simplesmente não tem o que fazer!"

Jaqueline fez a volta na mesa e se agachou do lado de Mel:

"O que aconteceu?"
Melissa olhou pra ela e então pra mim, que sorri para encorajá-la:
"Confia na gente."
Quando sorri para encorajar a minha amiga, também estava tentando me encher de coragem. Afinal, o que havia acontecido com ela já começava a se desenhar muito claro na minha mente. Como pude ser tão idiota? Estava na cara: os meses esquisita após a promoção, o corte de cabelo radical, seu estado alternando entre irritadiço e distraído...
Eu não tive coragem de ver.
Eu não tive coragem de perguntar.
Eu não tive coragem de te ouvir responder, Melissa.
Ser mulher requer coragem, mas na maior parte do tempo tudo o que eu consigo sentir é medo.

• • •

A empresa em que Mel trabalha faz parte de um grupo maior. Um dos donos do grupo trabalha e mora em São Paulo e aparece em Porto Alegre em raríssimas ocasiões. Quando soube que eles teriam uma reunião para alinhar algumas ideias, Melissa ficou animada: ela mesma só havia visto ele duas vezes e, mesmo assim, de longe: uma em cima do palco em uma inauguração e outra pelo vidro da sala grande de reuniões, enquanto caminhava ela mesma para outra reunião no mesmo prédio. Era um homem bonito, já havia saído na capa de algumas revistas que falam de negócios. Tinha uns cinquenta anos e fora casado duas vezes: com a namorada da adolescência e depois, já bem-sucedido, com uma garota mais moça que todas nós, com quem teve um filho. Haviam se separado fazia alguns meses. Sempre que ele aparecia na mídia ou era citado nos corredores da empresa, causava rebuliço entre as mulheres presentes – era considerado o último solteiro, um homem a ser fisgado por alguma sortuda. Nada disso, é claro, interessava a Melissa. Ela era apaixonada pelo namorado e, sobretudo, pelo trabalho.

A reunião já começou esquisita: eles deveriam se encontrar na sala grande às 17 horas e ele avisou, pela secretária, que infelizmente só chegaria às 19 horas. Melissa entendeu, ele era um homem muito ocupado. No entanto, quando entrou na sala, novo estranhamento: estavam apenas os dois. Ela achou que outros membros da diretoria também estariam presentes. De qualquer forma, não se abalou: cumprimentou-o com um aperto de mão firme e passou a apresentar, no telão, o ppt com o planejamento para o próximo ano. Ele fazia muitas perguntas, perguntas inteligentes, e Melissa se sentiu bem e segura: ela havia se preparado. Aliás, passara a vida se preparando para aquele momento. Mesmo assim, se sentiu um pouco insegura, já que ele não fez nenhum elogio durante a apresentação. Por isso, quando já eram 21 horas e ela arrumava suas coisas para ir embora, ficou contente quando ele propôs:

"Um ótimo trabalho, Melissa, de fato! Porém eu fiquei com algumas dúvidas e tive alguns insights, a senhorita se importa de me acompanhar no jantar para discutirmos?"

Não havia nada de estranho no pedido, era comum que ela almoçasse ou jantasse com clientes. Além disso, o local que ele propôs era público: um restaurante chamado Bistrô Porto Alegre, que fica embaixo do hotel Sheraton no bairro Moinhos de Vento. Melissa aceitou o convite e partiram no carro dele.

Ela lembra de pedirem uma garrafa de espumante – "afinal, estamos comemorando!", ele disse – e duas saladas. Lembra que levantou para ir ao banheiro uma primeira vez para fazer xixi e uma segunda vez, quando sentiu-se um pouco mal. Lembra, também, de derrubar sem querer uma taça de espumante na mesa, o líquido se espalhando na toalha de linho branco enquanto ele sorria e repetia "está tudo bem, está tudo bem". Lembra de gargalhar – mas não lembra o motivo – e de sentir, subitamente, muito sono.

E então, o horror: ela não lembra de mais nada.

Por mais que se esforce – e é só o que tem feito nos últimos meses, em noites insones –, um branco.

No outro dia, com uma tremenda dor de cabeça, acordou em uma cama enorme que não era sua. Sentindo um gosto estranho na boca, atordoada por não saber onde estava, Melissa tateou a parede até encontrar uma pesada cortina. Puxou-a, mas continuou envolvida pela escuridão do quarto. Ficou alguns instantes confusa – a cabeça latejando, um embrulho no estômago – antes de perceber que havia outra cortina, blackout, por baixo. Puxou-a, ansiosa, e foi atingida pela imagem de um sol brilhante se derramando em cima do Parcão, que amanhecia silencioso a muitos, muitos andares de onde ela estava.

Melissa havia dormido no Sheraton.

Como? Ela não lembrava de nada! Investigou o quarto. Primeiro, teve vergonha da sua nudez, então buscou suas roupas: estavam dobradas com capricho em cima de uma poltrona, inclusive o sutiã e a calcinha. Sua bolsa estava pendurada na mesma poltrona: chaves, celular, carteira, estava tudo ali. Mel foi ao banheiro, fez xixi e bebeu água da torneira. Ela pensava, sem parar, "não é possível, isso não está acontecendo". Voltou para a bolsa, abriu-a e desbloqueou seu celular: eram sete horas e vinte minutos, nenhuma chamada não atendida do namorado – pudera, ela havia avisado que dormiria na própria casa e ele não a estava esperando na noite anterior. Nenhuma mensagem do chefe. Por um instante, Melissa teve a esperança de que nada houvesse acontecido.

Talvez ela tivesse passado mal e o chefe, sem conseguir entender onde ela morava, a hospedara no Sheraton. Só isso. Um grande mico ficar bêbada na frente dele, mas era melhor do que a outra alternativa. Ela mesma poderia ter tirado suas roupas e deitado para dormir, pois dormia nua. O que não conseguia entender é como ficara tão bêbada a ponto de ter amnésia. Eles beberam apenas uma garrafa de espumante!

Então, enquanto pensava, Melissa percebeu um envelope na mesa de cabeceira que não havia visto antes. Era um envelope branco com seu nome escrito em uma caligrafia fina, caneta preta. Ao abri-lo, encontrou um bilhete:

"Bom dia, Melissa. Foi ótimo. Não quis acordá-la pois meu voo saía de madrugada, espero que não se chateie. Fica à vontade, não precisa sair correndo: deixei o café da manhã pago e um troco para você pegar o Uber de volta. Quando vier para São Paulo, me procure, vou adorar repetir nossa noite – e não se preocupe: nada do que aconteceu vai influenciar o seu trabalho e o seu novo cargo. Um beijo carinhoso, F.F."

O troco para ela pegar um Uber eram dez notas de cem reais, que Melissa deixou no quarto depois de sair correndo, ainda zonza, porta afora.

• • •

"Boa noite, cinderela?"
"Pelo que eu pesquisei, sim. Ele deve ter colocado na minha bebida. Eu, idiota, não percebi."
"Você não é idiota, Melissa. Esse cara é um monstro."
Melissa olhou para nós duas, insegura:
"Então vocês acreditam em mim?"
Jaque foi mais rápida do que eu:
"Mas é claro que a gente acredita em você, meu amor!"
Mel apertou os lábios um contra o outro, tentando segurar o choro, e então explodiu em lágrimas:
"Por que eu não me lembro de nada?"
Fui buscar água pra ela. Eu também estava chorando, Jaqueline também. Que dor. Quando voltei, Jaque havia aninhado ela contra o peito e acariciava seu cabelo. Entreguei o copo de água e me sentei no chão, na frente dela:
"Porque esse é um dos efeitos do boa noite cinderela, amiga. Não é culpa sua."
Ela fungou e esfregou os olhos:
"Então era realmente um boa noite, cinderela?"
Jaque, ainda acariciando o cabelo dela, perguntou:
"O exame toxicológico não detectou?"
E eu, com a mão no seu joelho:
"Quando você foi na Delegacia da Mulher, eles não te pediram? Porque são sinais bem claros de que ele colocou na tua bebida alguma coisa..."

Melissa ficou em silêncio por um tempo. Então, finalmente disse:

"Eu não fui na Delegacia."

Uma pausa pesada.

"Nem vou ir."

Arqueei uma sobrancelha, mas Jaque me olhou e, com um movimento quase imperceptível, acenou que não com a cabeça.

Melissa estava triste, mas falou sem chorar:

"Todo mundo nos viu no Bistrô, a gente bebendo champanhe, eu gargalhando. Deve ter testemunha que viu a gente subindo no quarto do Sheraton, eu seguindo ele como uma imbecil, talvez até abraçada. Que droga, eu não me lembro!"

Ela bebeu mais água e continuou:

"E depois, o bilhete..."

Eu não resisti:

"Você guardou o bilhete?"

Jaqueline me olhou feio:

"O bilhete não prova nada, Clara. Ele descreve a noite deles como tendo sido uma noite consentida entre dois adultos."

Não consigo manter minha boca fechada:

"Justamente! É óbvio que não é a primeira vez que ele faz isso: coloca uma coisa na bebida da mulher, leva para um hotel, deixa um bilhete carinhoso... É tudo arquitetado, ele é um predador. Ele não vai parar até que..."

Mas Jaqueline não se limita a me olhar feio e diz, firme:

"Isso não é um episódio de uma série policial, Clara!"

E, então, aponta com a cabeça para Mel, ainda fragilizada e aos prantos, e me dá um olhar daqueles. Entendo o recado:

"Sinto muito, Mel. Não vou falar mais nada."
Ela sorri triste:
"Eu me preparei a vida inteira pra ter esse emprego. Eu mereço ele, sabe? Ralei muito. Eu não consegui ele porque transei com alguém."

Tenho gana de dizer que ela não transou com ninguém mesmo, pois foi estuprada, mas sei que devo calar a minha boca.

"Eu não trabalho diretamente com ele, é capaz de nunca mais nos vermos. Vai ficar tudo bem. Eu só preciso focar no que importa e vai ficar tudo bem."

Ela nos olha quase esperançosa. Jaque arruma seus cabelos e sorri de volta. Beija a sua testa. Olha pra mim. Eu me aproximo ainda mais de Melissa, pego suas mãos, beijo-as e digo, olhando nos seus olhos:

"Eu tenho certeza de que vai ficar tudo bem."

Às vezes mentir pode ser um gesto de amor.

# 24

Oi, lindo! Tudo, e por aí? Me lembro, sim, do episódio do alagamento. Não é todo dia que uma tragédia aquática de grandes proporções acontece – ainda mais em terra firme! Bonitão, respondendo a sua pergunta: ainda estou namorando "aquele magrão". Espero continuar namorando ele por muitos e muitos anos. Pra sempre. Saí do mercado, Marcelo, mas eu tenho certeza de que você consegue superar nossa separação. Basta continuar mandando essa mensagem pras próximas minas da tua agenda, nesse movimento de copia e cola que eu sei que você está fazendo. HAHAHAHAHAH! Bonito desse jeito, não vai te faltar mulher. Um beijo, boa sorte!

# 25

Quando entro na casa de Caetano, sinto algo estranho. Ele está na sala, à meia-luz, sentado no sofá na frente do laptop aberto. Tem um copo de uísque na mão. Normalmente eu entrava na sua casa já cumprimentando, beijando, perguntando como tinha sido o dia. Embora muitas vezes tenha encontrado ele exatamente nessa posição, com o laptop e o copo de uísque, sentia que naquela noite tinha alguma coisa diferente. Tirei meus sapatos na entrada e pendurei a bolsa no cabideiro. Comecei a caminhar na direção dele, mas fui interrompida, com um arrepio de verdadeiro pavor, quando ele começou a falar. Na verdade, começou a ler em voz alta algo na tela do computador:

"Coloca um saltinho pra mim? Coloca um decote? Quero cair de boca nos teus peitos assim que tu entrar no carro. Vou te levar no mesmo motel da última vez. Te pego em uma hora, tá? Gostosa!"

Senti um misto de vergonha e pânico.

Caetano virou o laptop na minha direção:

"Bonito esse ângulo do teu rabo."

Eram as fotografias e as mensagens que troquei com Marcelo durante anos, na aba do web WhatsApp que eu deixara logada no computador dele hoje de manhã quando precisei, às pressas, baixar um arquivo que meu celular não salvava de jeito nenhum.

"Adoro quando tu grita o meu nome no motel..."
Ele então riu, bebeu mais:
"Tu grita o nome de todo mundo? Tem uns que tu grita mais e outros menos? Como calcula? É pelo tamanho do pau? Tu gritava com ele mais do que grita comigo?"
Olhando pra baixo, respondi:
"Você não tinha nada que mexer nas minhas coisas, Caetano. Isso é extremamente desrespeitoso."
Caetano virou pra mim com uma outra cara, uma máscara, uma coisa assustadora, desfigurada – era um homem completamente diferente. E ele disse:
"Desrespeitoso é tu sair por aí dando a buceta pro primeiro idiota que te manda uma mensagem."
Meu coração afundou no peito. Consegui falar depois de alguns segundos:
"Você viu o que eu respondi? Eu dispensei ele."
Ele gritou comigo, cheio de ódio:
"Olha o jeito que tu falou com ele! Olha o jeito que tu falou com ele! Se fosse uma mulher que presta, que vale alguma coisa, não tinha nem respondido!"
Eu não queria, ele não merecia, mas senti as lágrimas descendo descontroladamente no meu rosto.
Senti literalmente, fisicamente, meu coração se partir em um milhão de pedaços. Não sei como consegui ficar de pé. Ele então olhou de novo pra mim, tentou sorrir, mas passou a chorar. Estava completamente bêbado. Continuei parada, imobilizada pela dor. Ele então caiu de joelhos, deixou o laptop se espatifar no chão quando fez isso – e talvez fosse exatamente isso que queria –, abraçou minhas pernas, beijou minhas coxas:

"Eu te amava. Eu ia me casar contigo."

Começou a subir, enfiou a mão por baixo da minha saia e tentou tirar a minha calcinha, eu disse que não, que não queria, que ele nunca mais ia tocar em mim, mas ele continuou, então puxei o rosto dele pra longe do meu corpo, pelos cabelos, o máximo que consegui. Ele vociferou – e ainda posso ouvi-lo tão claro como naquele dia:

"Vai embora, sua puta!"

No pequeno tempo em que consegui vestir melhor a calcinha que ele tinha começado a tirar, ele levantou. Atrapalhado, desequilibrado, agarrou o meu rosto com as duas mãos.

Eu tive medo. Eu tive medo. Eu tive muito medo.

Seus olhos procuraram os meus. Eu só pensava como ia fazer para sair dali.

"Quantos mais? Quantos?"

"Não tinha ninguém, Caetano. Não tinha ninguém."

"Por que tu respondeu, então?"

"Me deixa ir embora."

Ele me soltou abruptamente. E, como se alguém tivesse desligado inesperadamente a luz de um lugar muito iluminado, me deu um tapa na cara.

# 26

**6 de junho**
Tu simplesmente nunca mais vai falar comigo? Faz dois dias! Eu sei que eu errei, mas para poder te pedir desculpas preciso que tu atenda a porra do telefone.

**12 de junho**
Que infantilidade me bloquear em tudo! Tu tem quase quarenta anos e está agindo como uma criança. A que ponto chegamos: tenho que te escrever um e-mail pra falar contigo. Cheguei a procurar a Melissa e a Jaque. Hoje é Dia dos Namorados e eu precisei dizer que a minha própria namorada não fala comigo para as amigas dela. Que humilhação.

**28 de junho**
Tua amiga Melissa me perguntou por que eu não vou até o Bar Esperança pra te achar. É isso que as pessoas pensam de ti: uma mulher sempre enfiada num boteco. Olha, não sei se foi tu que disse pra ela me passar esse recado, mas, se tu pensa que eu vou me humilhar indo até aquele bar de merda te procurar, pode pensar de novo. Se não me responder aqui, não vou correr atrás de ti na rua...

**20 de julho**
Tu não consegue ter empatia comigo? Eu não consigo dormir, eu mal consigo comer. Concentrar para trabalhar é um esforço tremendo. Tu não tem pena? Esse teu tratamento de silêncio está me enlouquecendo. Sou capaz de fazer uma besteira – é isso que tu quer?

**30 de julho**
Tu sabe que nenhum homem vai te amar como eu. Tu sabe disso. Me responde, me deixa explicar. Eu andava estressado e, porra, aquela tua mensagem foi muito desrespeitosa comigo, com a nossa relação. Fiquei puto mesmo, fiquei com ciúmes. Tu me deixa louco, mas é porque eu te amo. É porque eu te amo muito.

**5 de agosto**
Tu não reconheceria o que é o amor nem se eu esfregasse ele na tua cara.

# 27

Estamos na casa da Jaqueline. Ela fez uma lasanha para nós. É a primeira vez que um encontro nosso é feito de um silêncio quase absoluto. Depois de algumas garrafas de vinho, conseguimos nos soltar um pouco. Tenho a impressão de que Melissa está bebendo demais, mas quem pode culpá-la? Quando ela volta do banheiro, tropeça no próprio pé e quase cai. Começa a gargalhar da própria trapalhada e eu e Jaque também começamos a rir. Um sentimento de alívio toma conta da atmosfera. Será que estamos voltando ao normal?

No sofá da sala, enquanto a televisão exibe imagens de um show da Omara Portuondo em Montreal, nosso papo vai ficando mais solto. Estamos falando mal de homens de forma generalizada. Eu não contei ainda sobre o que de fato aconteceu comigo e com o Caetano e elas respeitam isso. Sabem apenas do assédio. Isso está me deixando um pouco louca: são dezenas de mensagens, até por SMS ele enviou depois que bloqueei no Instagram e no WhatsApp. Eu nunca respondi, achei que isso faria ele parar, mas hoje de manhã ele mandou mais uma, dizendo que eu não reconheceria o que é o amor nem se ele esfregasse na minha cara. Me sinto oca lendo essas coisas de um homem que eu realmente amei, não sei o que responder, não consegui elaborar esse sentimento aqui dentro, muito menos organizar o pensamento para desabafar com as minhas meninas. Ninguém sabe do tapa. Tenho muita vergonha. Por enquanto, disse apenas que ele não era quem parecia ser.

"O Surfista Dourado também não era quem parecia ser..."

"Será que eles fazem aula disso? De dissimular?"

"Devem fazer. Quem nunca se envolveu com um cara que, no início, era todo gentileza e carinho e depois que te comeu virou um cavalo?"

"Ou um fantasma. Desaparecem totalmente."

"A gente tinha que se vingar desses tipos, sabe? Fazer alguma coisa. Fazer tipo a mina do *Bela vingança*!"

Minhas amigas riem do que eu disse, mas estou empolgada:

"Sério mesmo! O que estamos fazendo por ora? Textões? Aplicando hashtag com palavras de ordem? Não estamos fazendo nada! Vamos nos vingar pra valer!"

"Você quer matar o seu próprio Bill?"

Jaque pergunta, rindo enquanto aponta para o cartaz de *Kill Bill*, enquadrado na parede da sala. Eu aceno com a cabeça, imediatamente. Estou um pouco bêbada:

"Eu quero! Uma Thurman, me guie!"

Melissa me estende prontamente o porta-incenso feito em bambu que está em cima da mesa e grita:

"Pega aqui sua espada samurai!"

Rolamos no chão. Estamos bobas, molengas, a boca arroxeada de vinho.

"Sério! Vamos bolar um plano..."

Melissa sorri. Está tão engraçada, embaçada, aérea:

"Tipo um plano infalível do Cebolinha?"

Jaque, como se tivesse tido uma iluminação, dispara: "Cebolinha é um misógino."

Eu e Melissa nos entreolhamos e, imediatamente, explodimos em gargalhadas sonoras. Jaque não nos dá atenção:

"Um misógino, sim. Não aguenta ver uma mulher ocupando um espaço de poder. Por que a Mônica não podia ser a dona da rua? Ele tinha sempre que se meter, não podia aceitar? Um escroto, esse Cebolinha. Um machista!"

Seco as lágrimas de riso:

"Tá bem, amiga. Tá bem. Pega aqui a espada samurai ridícula que a Mel inventou. O bastão do ódio está com você. Ou prefere um coelhinho de pelúcia?"

Jaqueline segue contrariada:

"Prefiro que vocês parem de rir da minha cara por ter falado um fato óbvio."

"Mas é que, Jaque", Melissa começa a falar e sem querer seu corpo, cujas costas estão apoiadas no sofá, escorrega para baixo sem controle. Ela parece um personagem ridículo de desenho animado, desarticulada. Desliza devagar até deitar completamente no chão, aparvalhada.

"Melissa, minha cara. Recomponha-se: você está bêbada!", Jaque ri.

De repente, Mel ficou séria. Seus olhos pareciam ter mudado de cor. Ela murmurou:

"Inacreditável..."

Enquanto calçava os sapatos com espantosa agilidade, irritada, ela se levantou e repetiu mais alto:

"Inacreditável!"

"Eu não estou te entendendo..."

"Vocês vão me criticar por estar bêbada? Depois de tudo o que eu contei pra vocês?"

Jaque e eu trocamos olhares confusos.

"Desculpa, Mel. Não foi minha intenção. Todas nós bebemos demais. Eu não quis dizer que... Ei, você realmente vai embora?"

"Não é só pelo comentário sobre eu estar bêbada..." Ela nos encarou e eu percebi que estava preparando, dentro de si, o que queria nos falar. Algo que estava guardando fazia muito tempo. Mel respirou fundo e finalmente colocou para fora:

"Vocês duas se acham tão espertas. Pensam que eu não sei que pensam que é errada a minha decisão de não denunciar? De não procurar a polícia? De continuar trabalhando na empresa?"

Silenciamos por alguns segundos. Ela estava certa.

"Mel, nós te amamos e nunca vamos te julgar. Só achamos que a acusação poderia evitar que isso acontecesse com outras mulheres."

Ela riu ironicamente:

"Que maravilha, Clara! Quer dizer que, além de ter sido estuprada, eu também tenho que levar a culpa pelas próximas!"

"Não é nada disso, meu amor. Me expressei mal. Escuta..."

Meu rosto se ilumina:

"E se não fosse você a denunciar? E se eu escrevesse alguma coisa, falando por meio de testemunhas anônimas? A gente sabe que ele fez isso mais de uma vez. Eu poderia fazer pesquisa, encontrar essas mulheres, falar com elas. Daí quem denunciaria seria eu, sem te envolver."

Em vinte anos, eu nunca tinha visto a Melissa tão furiosa. Era uma fúria tão grande que seu corpo tremia e seus olhos faiscavam quando ela me perguntou:
"O que foi que você disse? Repete, se tem coragem!"
Eu realmente não entendi nada. Não entendi por que ela estava com tanta raiva. Perguntei, confusa:
"Qual o problema? Não estou entendendo."
"Claro que você não está entendendo, Clara. Você não entende nada quando se trata de outras pessoas. Só consegue enxergar o próprio umbigo."
Ela levanta em um salto e busca a bolsa em cima do sofá. Estava subitamente sóbria. Jaque está com cara de interrogação:
"Melissa, ela só quis ajudar."
Mel gargalhou:
"Ah, sendo assim, muito obrigada! Muito obrigada! Agora com certeza eu vou ficar bem. Agora com certeza eu vou conseguir dormir. Agora com certeza eu vou parar de beber todos os dias, ir ao banheiro no meio do trabalho para chorar e ter ânsia de vômito quando o meu próprio namorado tenta me tocar. A salvadora Clara conseguiu: apagou o passado. Que maravilha! Daqui para frente um futuro brilhante me aguarda!"
Ela então me olhou e disse, fria:
"E te aguarda também, não é? Vai ficar famosa por – como se diz? – expor o macho escroto. Que trabalho bem feito, Clara. Parabéns! Vai virar o centro das atenções enquanto me faz perder o emprego. Qualquer idiota que pesquisasse o teu nome veria as centenas de fotos que temos juntas e entenderia quem é a tua *vítima anônima*."

Eu estava envergonhada. Balbuciei:
"Você está sendo injusta..."
"Eu estou sendo injusta? Sabe por que demorei para contar pra vocês? Porque sabia que iam tentar me obrigar a fazer algo que eu não queria fazer. Eu tinha certeza! Iam querer me obrigar a denunciar, ir à imprensa, ser mártir. Eu sabia."
"Melissa, por favor, não vai embora. Vamos conversar."
Mel suspirou enquanto pendurava a bolsa no ombro e então me encarou:
"Você quer conversar? Muito bem: por que você terminou com o Caetano?"
Eu estava incrédula.
"Por que, Clara? Vocês não se amavam tanto? O que aconteceu? Por que ele liga pra mim e pra Jaque desesperado dizendo que você não atende, que nunca mais falou com ele?"
Lágrimas corriam pelo meu rosto, mas ela não parou, falando cada vez mais alto:
"Ele te traiu? Te passou uma DST? Te deu um tapa na cara?"
Foi a minha vez de gritar:
"Cala essa sua boca!"
Melissa não se abalou:
"Faz semanas que ele contou pra mim e pra Jaque. Semanas!"
Ainda chorando, olhei pra Jaque:
"Por que vocês não me disseram que sabiam?"
Mas Melissa respondeu por ela:
"A gente queria te respeitar, Clara. Respeitar teu tempo. Respeitar tua vontade."

Humilhada. Não tem outra palavra para descrever como eu me senti. Mel continuou, agora sem gritar:
"Você quer fazer justiça em cima da dor de outra mulher. Quer convencer a mim que é pelas outras. Mas você é egoísta e está fazendo por você. Se quisesse fazer justiça e tivesse a coragem de expor o que te dá vergonha, medo e raiva, falava de si própria. Falava do Caetano. Você é uma covarde."
Tombei no sofá, vencida. Jaque não sabia o que fazer. Quando pegou no trinco da porta, Mel disse, sem se virar pra trás – e, pela primeira vez naquela noite, sua voz tremia:
"O que aconteceu comigo é a pior coisa que pode acontecer com uma mulher. Mas aconteceu. Aconteceu. Aconteceu comigo. Não com vocês duas, comigo. Vocês precisam entender isso, aceitar isso. Aconteceu comigo."
Quando Melissa saiu do apartamento, parte de mim também saiu, espatifando-se no chão.

# 28

Não, Caetano. O amor não humilha. Isso eu posso te dizer com certeza. Pode doer de dor de saudade, apertar o coração pela falta que o outro faz. Pode fazer até a gente chorar. Meu amor por ti me fez chorar antes, mas por outros motivos. Motivos bonitos. Não por essa coisa suja, nojenta, injusta e violenta que você fez comigo.

Quando você começou a sentir ciúmes, a dizer que eu tinha dono, a me chamar de "tua", a vigiar meus passos, a fazer perguntas demais, a regular o tamanho do meu vestido, confesso que gostei. Contra todas as regras, contra tudo o que aprendi, contra todos os sinais de perigo, contra todas as bandeiras vermelhas que você mesmo se ocupava em balançar avidamente: eu gostei.

E mais: senti um alívio. Eu tenho muita vergonha de admitir isso, mas é verdade. Eu tinha medo de que esse tipo de relação nunca acontecesse comigo: um namoro em que me sentisse não só desejada, mas amada, cuidada e protegida.

É horrível admitir, mas o jeito doente com que você me tratou fez com que eu me sentisse finalmente amada.

O ciúme. O controle. Os rompantes. O zigue-zague atordoante de uma relação que nunca mais foi tranquila. Sempre aos solavancos. Sempre à mercê da explosão da tua desconfiança.

E eu achei que era amor.

Depois, você vinha me pedir perdão de joelhos. Nós performávamos, então, sempre a mesma coreografia: eu secava suas lágrimas com os meus lábios e a princípio você se acalmava, mas então me beijava com fúria e fazia sexo comigo no chão da sala, com força e urgência, gozando em um espasmo. Parecia que queria se livrar de alguma coisa. Era dolorido. Depois, eu ouvia as batidas do teu coração enquanto você dormia agarrado em mim, meus olhos bem abertos na escuridão do quarto. Muito desperta. Muito atenta. Como se eu precisasse cuidar para não te perder a qualquer momento.

Eu já sabia. Achei que era amor, mas, quero crer que, no fundo, bem no fundo, sabia que não era.

Assim como acho que você também sabia e por isso mesmo me amava com força e urgência. Eu ia partir em breve, você sabia, não sabia? Então você correu demais, me castigou demais, me comeu demais.

E me amou de menos.

Nunca entendi por que eu não fazia acender nos homens esses ciúmes enlouquecidos, esse descontrole. Eu me ressentia disso. Todas as mulheres que conheço tiveram pelo menos um namorado ciumento. Então você apareceu. Você apareceu e eu sabia que, teoricamente, nada disso estava certo. Mas achei que a gente poderia dar um jeito, achei que éramos imbatíveis. É patético, mas preciso admitir esse clichê: achei que eu ia conseguir te mudar. Dosar teu ciúme. Como se realmente houvesse esperança. Como se a gente não estivesse fadado ao fracasso desde a primeira vez que você implicou com uma roupa, com meu tom de voz, com um amigo.

Eu talvez não saiba, realmente, o que é o amor. Está bem, é justo. Mas sei o que ele não é. O amor não é feio. Não existe nada belo em desconfiar, em bater, em humilhar. Não existe. Não há remédio para esse jeito torto que você aprendeu a amar.

Eu me perguntava por que essa relação nunca tinha acontecido comigo. Agora tenho medo de me deixar levar de novo nesse espiral com outro homem. Porque essa experiência não esclareceu nada, ela só me assustou. Eu agora entendo. Eu entendo por que lemos as mesmas histórias repetidas sobre mulheres, tantas mulheres, dezenas, centenas, milhares de mulheres das manchetes e nos perguntamos "por que ela não foi embora?". Agora entendo, e como dói ter aprendido assim. Como dói, Caetano. E dói entender que ter compreendido não me deixa mais forte ou esperta. Eu sei que pode acontecer comigo novamente.

Sabe por quê? Porque não somos nós que devemos ser mais fortes ou mais espertas. São vocês que precisam parar de nos bater.

Você não tem ideia do que fez comigo. Você não tem ideia do quanto eu me sinto não amada. Não é mal-amada, é um outro negócio que machuca demais por dentro. Uma coisa que fica engasgada, atravessada, pontuda, magoando aqui. Não cessa.

Demorei para te responder porque achei que você ia desistir, mas como até agora não parou de me infernizar, vou deixar as coisas bem claras:

Se você me procurar de novo, eu vou fazer um boletim de ocorrência, pedir uma medida protetiva, escrever um livro contando o inferno que virou nossa relação. Eu vou

fazer um escândalo, Caetano. E o que me deixa louca é que não vou fazer isso pra te humilhar, mas pra me proteger. Essa é a diferença entre nós dois. O que você fez foi pra me rebaixar, pra fazer eu me sentir mal. O que estou fazendo é pra me defender. E relutei em fazer isso porque ainda achava que você não merecia ter a vida destruída por um tapa que me deu. Escrevo isso chorando, porque estou com ódio de mim.
    Compreende, Caetano? Agora você entende a nossa diferença? Agora você entende por que não tem como a gente ficar junto?
    Não me pareço com você. Isso me faz sorrir. A compreensão desse fato me faz feliz. Foi a primeira vez que fiquei feliz depois de tudo o que você me fez.
    Não me pareço com você.
    Nunca vou me parecer com você.
    Me deixa ir embora. Não restou mais nada para amar aqui.

# 29

"Tu não acha que talvez esse jeito irônico de falar sobre o machismo..."
"Que jeito irônico?"
Pergunto, muito ingênua. A plateia vem abaixo. O próprio apresentador começa a rir. Comenta:
"Ela é fogo!"
Dou de ombros. Mais risadas.
"Falando sério, Clara. Tu não acha que esse jeito um pouco agressivo de falar sobre o machismo pode afastar os homens da discussão do problema?"
Pergunto, séria:
"Que jeito agressivo?"
A plateia ri, mas eu já não estou achando graça. Naquela mesma manhã, havia quebrado um silêncio de meses e finalmente respondido a Caetano. Uma das minhas melhores amigas não estava falando comigo e eu não sabia como consertar nossa relação. Não sabia nem se tinha conserto. Estava profundamente cansada e sem paciência.
O apresentador fica levemente irritado:
"Publicar um livro com o título *O homem infelizmente tem que acabar*, transformar os personagens masculinos de *Porque era ela, porque era eu* em criaturas desprezíveis, debochar dos caras... Isso não prejudica mais do que ajuda? Não seria melhor aproximar os homens da luta das mulheres?"

Dou um logo suspiro antes de responder:
"Agressividade. Você quer falar de agressividade? Então vamos falar de agressividade." Começo a citar alguns números que revisei antes de sair de casa para dar a entrevista:
"Eu não vou nem entrar no mérito do Maníaco do Ácido, que até agora não foi capturado, porque isso seria fácil demais. Vamos lá: cinco mulheres são espancadas a cada dois minutos. Uma mulher é estuprada a cada onze minutos. Uma é assassinada a cada duas horas. Uma em cada quatro mulheres brasileiras acima de dezesseis anos, ou seja, cerca de 17 milhões de mulheres, sofreu alguma forma de violência durante a pandemia."
Ele me interrompe, debochado:
"Decorou esses dados?"
Respondo imediatamente:
"Não me interrompe. Escuta aqui, cara. Vocês estão nos matando. Estão nos matando. Vocês, mesmo quando não nos matam diretamente, ainda assim nos matam. Matam nossa vontade de sair na rua, matam nossa vontade de estudar, aprender, ir pra frente na carreira. Matam nossa vontade de falar de nossos projetos e de realizar nossos projetos. Matam nossa vontade de sonhar. Matam nossa vontade de cerveja, suor e pagode, porque qualquer coisa que façamos em uma roda de samba é vista como uma coisa que fazemos para vocês. Nós dançamos para vocês, bebemos para vocês, saímos de shortinho para vocês e não podemos nos atrever a dizer o contrário ou vocês se tornam extremamente agressivos. Vocês matam nossa vontade de foder livremente, de não foder livremente, de desejar, de

não desejar. Matam nosso ímpeto, nossos sonhos, nossas vontades, matam quando riem assim, como hienas, em grupos, das coisas que dizemos. Matam quando não nos deixam falar, matam quando esperam na calçada em que precisamos passar dizendo coisas que violam a nossa paz, diariamente, diariamente, diariamente. Matam a nossa vontade de seguir quando questionam, o tempo inteiro, o dia inteiro, o nosso mérito, o nosso talento, as nossas vitórias, os nossos saberes, o nosso próprio conhecimento. Matam. Vocês estão nos matando."

Ele fica em silêncio. Todo mundo fica em silêncio. Continuo falando, dessa vez mais pra mim do que pra ele:

"Eu tinha seis anos a primeira vez que um homem achou que o meu corpo era público. Ninguém me ajudou. Os outros homens presentes acharam graça, inclusive. Riram como hienas. Aliás, esse comportamento de vocês juntos, em bando, sempre me lembrou um grupo de hienas, os dentes pra fora, babando, à espreita, nas sombras, rindo de mim. Rindo de nós.

"Aprendi muito cedo que eu não poderia vestir certas roupas, frequentar certos lugares, caminhar na rua em determinados horários. Aprendi cedo demais que precisaria estar sempre atenta, sempre muito alerta. Aprendi muito cedo que eu não poderia ser eu porque isso, veja bem, era perigoso. Isso é tão cansativo. Eu estou tão cansada.

"Então, se os homens querem ficar ofendidos com um livro chamado *O homem infelizmente tem que acabar* ou com a minha ironia, caguei. Há um desequilíbrio aqui. Esses números que falei antes são de uma guerra civil. Há uma guerra declarada de vocês, homens, contra nós, mulheres.

É declarado, explícito, cheio de dados. É claro como o dia. Deem graças a Deus que a nossa arma por ora tem sido usar a ironia e não revidar fisicamente. Estamos pegando muito leve, muito leve, com quem levanta a mão todos os dias pra bater na nossa cara."

Como ele permanece mudo, eu me levanto e caminho, tremendo, para fora do estúdio.

# 30

Mensagem inbox no Instagram de V.M., chef de cozinha:

Oi, Clara,
Imagino que deves estar recebendo muitas mensagens, mas achei importante te escrever. Eu não conhecia o teu trabalho – já encomendei teus livros, devem chegar esta semana! – e fiquei sabendo de ti por conta da repercussão do teu texto "Antílopes e leões". Gostei muito da tua análise sobre como os homens se comportaram diante da captura do Maníaco do Ácido. Eu não tinha pensado nisso. Eles acham que o machista, o misógino, é sempre o outro. Não entendem que não estão tão distantes assim do Maníaco. É verdade: esses episódios extremos de violência até trazem um certo alívio pro homem médio, porque dessa forma ele pode expiar sua culpa: "bem, se existe um homem jogando ácido nas mulheres, parece que eu não sou tão mau assim...".

Também gostei muito da entrevista que tu deste recentemente, assisti no YouTube – que entrevistador horroroso, quando ele te interrompeu meu sangue ferveu! –, e do perfil que fizeram de ti, "Está nascendo uma nova líder". Minha filha adolescente te adora e me disse que tu és uma grande pagodeira rsrs, que o título do perfil aproveita para fazer uma brincadeira com o verso de samba, adorei! Muito bacana saber mais sobre o teu trabalho e ver uma mulher que tem entrada com a nova geração trazer esses assuntos tão incômodos do jeito que tu trazes.

Um trecho do "Antílopes e leões" me tocou muito: "Você conhece uma mulher que foi estuprada. Isso é uma afirmação. Todo mundo conhece pelo menos uma mulher que foi estuprada. Agora, reflita comigo: você conhece um estuprador? Pois é. Ninguém conhece um estuprador. Ninguém comenta 'o fulano de tal, meu amigo, uma vez estuprou uma mulher'. Ora, se conseguimos falar com infeliz facilidade sobre casos de estupro que aconteceram com pessoas que conhecemos – 'a fulana de tal, coitada, foi estuprada uma vez' –, então essa conta não fecha. Tem uma informação aqui que não estamos recebendo. O que é estupro? É sexo sem consentimento. Portanto, quando você, homem, diz que moeria estuprador na porrada, pare e pense, com sinceridade: todo o sexo que você fez na sua vida foi consentido?".

Estou escrevendo para dizer que o teu trabalho importa. Eu sei que os tempos estão pesados, mas o futuro é colaborativo e feminino. Há esperança!

Um grande abraço!

# 31

Tudo aconteceu tão rápido.

A entrevista era ao vivo e, no momento em que saí do estúdio, meu celular já apitava enlouquecidamente. Ganhei quase dez mil seguidores novos em uma semana porque trechos da entrevista viralizaram nas redes. Não conseguia dar conta de responder a quantidade de mensagens que recebi. Esse frenesi todo não foi efeito apenas da entrevista, mas somou-se a outro episódio que aconteceu naquele mesmo dia.

Assim que entrei no Uber para voltar para casa, ouvi no rádio que o Maníaco do Ácido tinha finalmente sido capturado. Depois de nove meses escondido na casa de parentes em um sítio em Viamão, ele achou que as coisas tinham esfriado. Mal sabia que a polícia estava na cola dele fazia muito tempo, seguindo o seu rastro. Eu escutei essa notícia em um programa com radialistas homens, cinco ou seis caras, comentando que finalmente as mulheres teriam segurança novamente. Que era um alívio saber que as belas mulheres de Porto Alegre não seriam mais atacadas por um monstro. Que eles, como maridos, filhos e pais, estavam muito satisfeitos com essa prisão. Que só lamentavam não haver pena de morte no Brasil, porque era assim que um homem que odeia as mulheres precisava ser tratado.

Fiquei tão pasma que dei uma gargalhada histérica dentro do carro. O motorista achou que era de alegria pela captura do maníaco.

Não era.

Era raiva. Sabem o que penso? Que esses homens não entenderam nada. Que esses homens-que-amam-as-mulheres são, na verdade, seus algozes – de uma forma ou de outra. A brutal aliança impressionante que têm uns com os outros é o que garante nosso silêncio e nossa dor. E agora, como sempre, eles lavam as mãos. Eles não têm nada a ver com isso: o misógino é o outro. As mulheres estão, finalmente, em segurança.

As mulheres não estão em segurança, seus idiotas. Nunca estiveram em segurança. Provavelmente nunca ficarão em segurança.

É fatal. Você é mulher? Você não está segura.

Agora que o Maníaco foi capturado, dizem que foi um fato isolado. Um psicopata. Um maluco que nada tem a ver com eles, homens tão democratas, tão inteligentes, tão sensíveis às nossas causas, tão filhos das próprias mães. Pois muito bem, mas e o que acontece com todos os outros episódios de mulheres sendo humilhadas, violentadas, assediadas, assassinadas nesta cidade, neste país? Também são atos isolados? Também são obra de um psicopata?

A nossa insegurança não começou a partir do primeiro ataque com o ácido, meu Deus! Será burrice ou ingenuidade? A nossa insegurança começou a partir do dia zero. Nunca estivemos seguras – nem as que vieram antes de nós.

Quando cheguei em casa, escrevi um texto furiosamente. Ele começava assim:

*Há um provérbio sobre caça que diz "os leões nascem sabendo que são predadores. Os antílopes sabem que são presas. A única criatura de toda a Terra que pode escolher é o ser humano". Não sei quem escreveu isso, mas tenho certeza de que foi um homem.*

E seguia fazendo uma série de provocações. Entre elas: o quão realmente todos os homens são diferentes do Maníaco ou dos "monstros" sobre os quais dizem que matariam se cruzassem na rua?

Sem nem o corrigir, dei o título de "Antílopes e leões" e enviei para uma amiga jornalista que perguntou se podia publicar no veículo em que ela trabalha. O artigo entrou no site no outro dia e também foi para a versão impressa do jornal na mesma semana.

O que se seguiu foram dias completamente loucos. Meu telefone literalmente não parava. Embora a maior parte das manifestações fosse de apoio e carinho, eu me senti muito apreensiva, muito incomodada com a exposição. Eu sentia que a situação de me "glorificarem" pelo texto era torta. Estávamos perdendo o foco do que realmente importava. Estávamos fugindo do cerne da questão. Há um paradoxo muito grande aqui. O brasileiro fala o que sente pela brasileira. Exalta ela – a mulher mais linda do mundo, a mãe batalhadora, a filha amorosa, a esposa recatada – aos quatro cantos, mas os números da violência que enfrentamos não refletem nada disso.

Como os homens estão tratando as mulheres? E por quê?

Passei esse período com um nó no peito, chorando à toa. Quis ficar isolada e, de qualquer forma, Jaque tinha seus próprios problemas para resolver e Melissa seguia sem falar comigo. Daniel me procurava constantemente, estava em Porto Alegre e lamentava que eu não quisesse vê-lo.

Val mandou flores no meu aniversário assim como Zeca e Ana, porque pela primeira vez em anos não fiz uma festa no Esperança para comemorar. Eu, que sempre gostei de comemorações, nem mesmo neste dia consegui sair: sabia que ia encontrar pessoas que queriam comentar o caso, que iam querer falar sobre o episódio todo. Eu me sentia esvaziada, não queria falar sobre isso, estava muito incomodada. Atendia somente a minha mãe.

Foram três semanas confusas.

Além de todo o estresse natural dessa superexposição, eu também pressentia que alguma coisa ruim estava dobrando a esquina. Alguma coisa que me espreitava. Era uma sensação que me angustiava dia e noite.

Até que finalmente, como se não pudesse ser de outra forma, uma coisa muito ruim de fato aconteceu.

# 32

Mensagem inbox no Instagram de D.W., estudante:

Clara,
Nem sei por que estou me dando o trabalho de te escrever. Provavelmente tu nem vai me ler ou, se me ler, vai ignorar e me bloquear. Quero te dizer que tu não me representa. Essa matéria "Está nascendo uma nova líder", como tu permite que uma merda dessas seja publicada? Tu por acaso sabe quem foi o Zé do Caroço? Eu sei que não foi tu que escreveu essa bosta, mas não poderia vetar isso ou, no mínimo, se envergonhar publicamente?
E essas idiotices que passou a vida inteira proferindo: "meu corpo, minhas regras", "lugar de mulher é onde ela quiser", "seja barraqueira, seja heroína"... Que preguiça! Não percebe que são o clichê da mulher branca que não tira a cara de dentro do cu? Vê se eu posso ditar as regras sobre o meu corpo? Vê se eu posso ir para o lugar que eu quiser? E tenta pensar o que me aconteceria se eu fizesse um barraco.
Teu feminismo é excludente.
Tudo isso eu já achava, mas te observar com essa cara de pau sendo reverenciada como líder feminista... Tu, líder feminista? É de morrer de rir!

Além de toda a tua babaquice de mina privilegiada, me explica uma coisa: como que uma "líder feminista" pode ser a melhor amiga de um estuprador? Isso é revoltante. Tenho pena de quem ainda cai no teu papinho. Vai estudar, vai colocar a mão na consciência.

Não tenho como ser delicada contigo, tu me enoja, mas espero que leia isso e melhore. Ou pelo menos tente.

# 33

"Que porra é essa, Daniel?"
"Eu não sei nem quem é essa mina."
"*Essa mina* é amiga *dessa*", aponto no meu celular o Instagram da moça, mostrando para ele. Estou tremendo de raiva.
"Essa, você conhece? *Essa mina* você sabe quem é?"
"Por que tu tá agindo assim comigo? Não estou entendendo."
"Sério, cara? Sério?"
Estamos na minha casa. Eu não tinha condições de encontrar Daniel em um lugar público. Liguei dizendo que precisava falar com ele urgentemente. Quando ele chegou, fez menção de me abraçar, mas eu desviei. Então, mostrei a mensagem para ele.
Depois que li esse inbox, imediatamente procurei a remetente. No início, ela não acreditou que eu não soubesse do que estava falando.
Segundo o que me contou, a amiga dela tinha ido passar o Carnaval no Rio faz alguns anos. Lá, conheceu Daniel em um bloquinho. Eles ficaram, passaram o dia de mãos dadas e até comeram em um boteco com alguns amigos dela. Fizeram stories juntos, estava tudo bem. Então, quando o dia amanhecia, foram para o apartamento que a

menina estava alugando e deitaram na cama – sem tomar banho nem nada, estavam exaustos demais. Ela só lembra de dormir. Acordou abruptamente com o Daniel em cima dela, a mão dentro de sua calcinha. Ela afastou ele como pôde – além de estar bêbada, era mais fraca, menor que ele –, mas ele não parou. Disse que ela estava gostando. Ela, então, congelou. Teve medo que ele se tornasse violento, teve medo que obrigasse ela a fazer mais coisas. Ficou olhando para o teto, rígida, esperando ele acabar. Depois de um tempo, ele tirou os dedos de dentro dela, virou para o lado e dormiu. Ela então se levantou, tomou banho, pegou suas coisas e saiu do apartamento. Sim, saiu do próprio apartamento. Mais tarde, quando Daniel acordou e não encontrou ela, mandou mensagem perguntando o que tinha acontecido, querendo saber se ela estava bem. Ela não respondeu e bloqueou ele. Eles nunca mais se falaram.

"E tu vai presumir que essa mulher, que tu nunca viu na vida, está falando a verdade?"

"Ela está falando a verdade?"

"Clara..."

Ele sorriu e começou a se aproximar de mim. Eu estendi meu braço direito para frente com a mão espalmada e disse, firme:

"Não!"

Ele ficou perturbado:

"Que isso? Tu acha que eu vou te machucar?"

"Não, Daniel. Eu acho que você vai tentar me amansar, me enrolar. Eu quero apenas que me conte a verdade."

Ele jogou os braços pra cima:

"Como eu posso contar a verdade sobre uma coisa que não me lembro?"

Apontei de novo o rosto da garota na tela do meu celular:

"Você não se lembra dela? Você realmente não se lembra dela?"

"Eu sei que isso vai soar terrível, mas francamente..."

"Francamente o quê?"

Ele explodiu:

"Puta que pariu, Clara. Tu sabe quantas mulheres eu já comi?"

Fiquei enjoada imediatamente. Caí sentada no sofá, sem conseguir controlar o arrepio terrível que percorreu o meu corpo.

Então, era verdade. Eu compreendi na hora que era verdade.

Ficamos em silêncio por muito tempo. Acho que foram horas, cada um de um lado do sofá, olhando para baixo. Foi terrível. De repente, ele finalmente falou. Estava calmo, falava devagar:

"Parece uma coisa que eu poderia ter feito. Eu realmente não me lembro, mas não quero mentir pra ti. Parece uma coisa que eu poderia, sim, ter feito."

Eu já estava chorando:

"Você fez várias vezes."

Ele me olhou, surpreso. Balancei a cabeça:

"Você fez várias vezes. Depois que essa moça teve coragem de contar para as amigas, descobriu outras duas mulheres que passaram pela mesma coisa contigo. Por quê? Por que você fez isso?"

Ele tomou ar, mirou o chão e finalmente enumerou, parecendo cansado:

"Porque eu também estava bêbado, porque eu achei que ela queria, porque eu não entendi as coisas direito. Porque eu errei. Se ela tivesse me dito algo quando escrevi a mensagem pra ela, talvez..."

"Talvez o quê? Você voltasse no tempo e não enfiasse a mão na calcinha dela?"

Ele suspirou.

"Eu tava bêbado, Clara. Tu nunca fez nenhuma merda bêbada? Não é como se eu tivesse invadido o apartamento dela, arrancado as roupas dela e forçado ela a transar comigo. Eu tava bêbado, isso não conta?"

Me levantei:

"O que me espanta aqui não é o fato de você argumentar que estava bêbado, mas sim que parece achar que o que fez não foi nada de mais. E todos os papos que tivemos sobre consentimento?"

"Quantas mil vezes eu dormi contigo na mesma cama e não encostei um dedo em ti porque tu não queria?"

"O que você faz corretamente por uma mulher não anula o que faz de errado para outra."

Abri a porta. Daniel me olhou genuinamente surpreso. Ele achou que íamos conversar por mais tempo, que íamos resolver.

"É assim que vai ser?"

Não respondi. Ele levantou devagar. Olhou para os lados e, depois, para o teto. Só então percebi que ele estava tentando não chorar.

"É assim que vai ser?", repetiu.

Eu estava com muita dor, era uma coisa física:

"Eu mal consigo olhar na tua cara, Daniel. Como é que a gente vai continuar amigo?"

Ele gesticulou ansioso na minha direção, parecia que ia falar alguma coisa, mas então recolheu os braços novamente. Enquanto saía do apartamento, perguntou baixinho:

"Como é que a gente simplesmente deixa de amar uma pessoa?"

Fiquei pensando nessa pergunta por muito tempo. Ainda hoje penso nela. Acho que tem duas formas: a gente deixa de amar alguém aos poucos ou de repente.

Fazer a coisa certa não é um ato passivo. Deixar de amar Daniel de repente foi a coisa mais difícil que eu já fiz.

# 34

Melissa,

Ontem você me fez uma pergunta. Depois de tantas horas que ficamos conversando na casa da Jaque, parecia que a gente já tinha se dito tudo, uma imensa catarse de risos e de lágrimas, um reencontro tão profundo e bonito! Mas, como o nosso assunto nunca se esgota – que bom! –, quando nos despedimos, já na porta, você me fez uma pergunta. Eu disse que ia pensar melhor para te responder.

Sabe o que é, Mel? Eu me expresso melhor escrevendo. Só assim consigo organizar minhas ideias. Talvez, se tivesse colocado no papel meu plano idiota de vingança contra o seu chefe, teria me dado conta do quanto estava te invadindo. Eu sei, eu sei. Resolvemos isso ontem, está tudo bem. Mas eu não deixo de lamentar. Já deveria ter aprendido que, antes de abrir a boca, é mais seguro colocar as palavras assim, no papel.

E é isso que estou fazendo aqui, agora. No entanto, antes de te responder, queria te dizer algumas coisas que pensei a partir do teu questionamento. Sim, sim, eu sei. Você não tem paciência conosco: a Jaque manda longos áudios misturando três línguas diferentes que parecem podcasts da ONU. Eu escrevo mensagens tão imensas que parecem uma reedição com extras de *Grande sertão: veredas*. Mas nós tínhamos que ter algum defeito, não é mesmo?

Desde que eu me entendi mulher, Melissa, nunca mais deixei de sentir medo.

Quando você finalmente me deixou entrar novamente, lamento dizer que não senti alegria. Mesmo depois de três meses afastadas e da enorme falta que você me fez durante esse período, eu não sorri. Eu senti dor quando li tua mensagem. Eu senti dor porque sabia que você estava falando de um lugar de tristeza, e não de felicidade. Eu sabia que me procurar não era um ato movido apenas por um desejo de conciliação ou mesmo apenas por saudade.

Quando cheguei ao apartamento e te vi deitada na cama da Jaque, teu corpo cálido adormecido ainda úmido do chuveiro, teu sono intranquilo, tua pele avermelhada nos locais onde esfregou com força, eu compreendi.

Você me procurou de um lugar de tristeza profunda.

Está vivendo um imenso luto. Um luto de si mesma.

Você não vai nunca mais ser a mesma pessoa.

Me perdoa por não ter entendido isso antes? Você estava sozinha. Um jeito novo e doloroso de sentir solidão. Eu compreendi que isso nunca mais vai passar. E tive medo. Tive medo porque você tem razão: sou egoísta e quero aquela Melissa de volta.

Quando você apareceu na sala depois de um par de horas, enrolada num roupão azul marinho, muito silenciosa, e se aninhou perto de mim, ficamos sozinhas. A Jaqueline, muito esperta e sensível como sempre, nos deixou a sós sob o pretexto de buscar uma taça de vinho pra ti. Eu te abracei como nunca tinha abraçado ninguém antes, e senti que agora nada mais importava, nada nunca importou. Você era minha garota de novo, me amava, e o mundo podia voltar a girar. A gente chorando juntas, aos soluços, o nosso sal se misturando numa entrega verdadeira e sincera. Me senti como se fosse sua mãe e sua filha.

Depois dessa noite em que conversamos tanto, em que pedimos perdão e perdoamos, quando nos despedimos, você ainda tinha mais uma pergunta:

"Será que vale a pena continuar?"

Só posso responder por mim, então vamos lá: Eu não sei, Mel, mas eu continuo. Eu continuo mesmo sabendo que alguma coisa aqui, na verdade, já morreu. E que eu, você, a Jaque, que todas nós, todas as mulheres do mundo, que nós vamos continuar sendo engolidas, dilaceradas, desacreditadas, abusadas, violentadas, agredidas, absolutamente todos os dias. E que todos os dias os mesmos gestos, palavras, xingamentos, olhares, os descarados e os velados, os explícitos e os escondidos, eles se repetirão. E que isso tudo vai me doer não cada dia mais, mas cada dia menos, em uma lógica perversa. Se não for assim, não vou conseguir mais me levantar da cama. A gente se acostuma com tudo – "homem é assim mesmo" –, e talvez seja exatamente esse o problema.

A gente não deveria justamente se desesperar?

A gente não deveria justamente se rebelar?

Isso nunca vai ter fim?

Eu continuo porque me parece que isso vai fazer diferença. E provavelmente é tolice, porque eu sei que nada posso fazer ou que posso fazer muito pouco. E que sou tão burra, tão pequena por ter acreditado que poderia. Mas qual a solução? Cruzo os meus braços e deixo eles passarem? Se eu deixar eles passarem, vão me atropelar. Eles já estão me atropelando, eu sei, mas vão vir com mais força ainda.

Eles estão atropelando a gente. Olha o que aconteceu apenas conosco este ano? Violentar você, expor a Jaque, dar um tapa na minha cara. E na nossa cidade? Jogar ácido na gente. Jogar ácido em mulheres exercendo o direito de ir e vir, como se fossem pessoas e não essa outra coisa estranha, essa coisa marcada, esse corpo que carrega uma maldição, uma assombração.

Olha, talvez isso seja ridículo, mas o meu jeito de continuar é esse aqui. É escrevendo. A tinta, Melissa, a tinta é minha única arma.

Eu não fui te reencontrar com alegria, minha amiga, minha irmã, porque eles arrancaram um pedaço muito grande de ti e eu não consigo fingir que vai ficar tudo bem. Eu menti aquele dia. Não vai ficar tudo bem. Eu queria que as coisas voltassem a ser como antes, quando você não tinha sido ferida. Quando eu conseguia te encarar sem ter vontade de desviar o olhar. Porque eu sei que quem tem que chorar é você, e não eu, mas sinto que, se a gente se encarar por muito tempo, não vou aguentar. Estou com raiva.

Eu estou com tanta raiva, Melissa. Eu estou tão cansada. O que aconteceu conosco neste último ano, com todas as mulheres que andavam pelas ruas da nossa cidade? O que acontece com todas as mulheres desde que o mundo é mundo? Me deixa em ebulição esse episódio em Porto Alegre, porque a gente andava por aí temendo um homem que *não* enlouqueceu, que *não* era um psicopata. Era um filho bastante saudável de uma cultura que nos mata todos os dias, nos menores e maiores detalhes. Um homem que sofria, na verdade, do mesmo mal do ficante da Jaque, do teu chefe, do meu namorado. Do mesmo mal do Daniel.

Qual a diferença entre eles? Existe diferença? Qual a medida dessa dor, da nossa dor? E, principalmente: como a gente consegue suportar? Desde que eu me entendi mulher, Melissa, nunca mais deixei de sentir medo. E estou cansada de sentir medo.

Você também está, mas queria te pedir pra não parar de remar o barco daquele conto do Caio Fernando Abreu. Lembra?

"Olha, eu sei que o barco tá furado e sei que você também sabe, mas queria te dizer pra não parar de remar, porque te ver remando me dá vontade de não querer parar também. Tá me entendendo? Eu sei que sim. Eu entro nesse barco, é só me pedir. Nem precisa de jeito certo, só dizer e eu vou."

Eu vou, Mel. Por isso, amanhã te vejo no Esperança. Agora me sinto verdadeiramente feliz com o nosso encontro. Sinto que as coisas não vão ficar melhores, mas ao menos estão expostas – mesmo que em carne viva. Sinto que esvaziamos o peito de tantas angústias e que agora estamos mais leves. Sabe o que é? Acho que estamos mais fortes.

Acho que falar das nossas dores nos fortaleceu.

Acho que o tiro deles saiu pela culatra.

E acho você uma pessoa linda. Quero te dizer sempre isso, quero que você volte aqui e leia isso quantas vezes você precisar: você importa. Tá bem?

A primeira rodada é por minha conta. Tô te esperando.

Com amor,
Corle.

# 35

"Prepúcio, me diga uma coisa!"

O Esperança está totalmente lotado. O garçom se impacienta:

"Digo meia coisa, Passarinho. Não está vendo que o bar está explodindo de gente?"

Passarinho está, para variar, de porre. Mal registra a resposta do amigo e vai logo falando, enrolando as palavras:

"Não pode mais fazer piada de mulher. Não pode mais fazer piada de bicha. Não pode mais fazer piada de preto. Mas piada de corno ainda pode. O Zeca acabou de fazer troça com o Cabelinho. Eu, como corno honorário, me senti pessoalmente ofendido. Por que, meu caro? Por que piada de corno pode?"

Prepúcio, rápido como sempre, responde sem olhar pra trás:

"Porque não é minoria!"

A mesa de Passarinho e as mesas adjacentes explodem em gargalhadas.

O bar fervilha, chopes são despachados a três por quatro. Valfrido mantém, da sua mesa, um leilão improvisado de seus quadros (que estão todos em branco). Curiosamente, não recebem nenhum lance. Zeca, depois de implicar com Cabelinho com a tal piada de corno, está grudado em Ana.

Eles dois estão alheios a tudo e a todos, abraçadinhos ao lado da jukebox que toca, faz horas, a mesma música: "Meu bem, meu mal". Galocha tenta vender um estranho dispositivo que permite que as mulheres mijem de pé. Dona Esperança comanda o espetáculo, alegre: hoje o caixa vai explodir!

Encontro as meninas depois de atravessar, com dificuldade, o boteco. Jaque me abraça afetuosamente, enquanto pergunta surpresa:

"Já? Tu não tinha que ter ido na cerimônia?"

"Eu fui e voltei. Queria o quê? Que eu ficasse esperando o Chato Profissional me aporrinhar de novo?"

Mel não entende nada:

"Peraí. A gente ficou seis horas conversando ontem e vocês esqueceram de me contar uma coisa dessas? A Clara ganhou mais um prêmio?"

"Infelizmente, não. Eles me convidaram para entregar o prêmio para a pessoa que ganhou na mesma categoria que eu este ano."

"Que chique! A vencedora do ano anterior entrega o prêmio para quem ganha no outro ano! Um lance tipo Oscar..."

"Idêntico. Em determinado momento, fiquei confusa. Achei que estava no Teatro Kodak! Olha o meu longo, gostou?"

Pergunto, dando uma voltinha pra mostrar meu look: calça jeans, sandálias e *cropped*.

"Tu foi assim?"

Zombo:

"Sou escritora, não sou modelo."

"Podia ter se arrumado melhor para entregar o prêmio para a moça..."

"Foi uma mulher que ganhou?", Melissa perguntou, contente. "Se fosse um homem eu nem me prestava a entregar prêmio nenhum. Você sabe qual a diferença em quantidade de prêmios entregues para escritores e escritoras? É uma vergonha. Para equilibrar precisariam passar os próximos cem anos só premiando mulher."
"No mínimo!"
Galocha vem passando com suas quinquilharias:
"Extra, extra! Não existe mais dia seguinte! Compre o jornal de amanhã, ainda hoje!"
"Deixa de ser besta, Galocha. Como é que você já descolou o jornal de amanhã?"
"Eu tenho os meus contatos", ele pisca pra mim e, então, mostra o objeto para Jaque e Mel enquanto eu me distraio acenando para o Prepúcio trazer mais um chope. Sou interrompida porque as duas gritam meu nome ao mesmo tempo, excitadíssimas, sacudindo o jornal na minha direção.
"O que aconteceu?"
Jaque quase grita, os olhos brilhando:
"Uma das fotos da capa é da cerimônia do prêmio!"
Eu sorrio, vaidosa:
"Eu apareci? Estou bonita?"
"Não, boba, só os vencedores estão na capa: a escritora que venceu este ano e os outros homens que também ganharam em suas categorias."
Arqueio as sobrancelhas sem entender:
"E por que as senhoras estão tão excitadas?"
Elas se entreolham e viram o jornal na minha direção.

Ao bater os olhos na fotografia, solto uma gargalhada. Sorrindo muito, a jovem escritora se destaca entre os homens. Não está no meio deles, pelo contrário. Embora eles estejam claramente incomodados, ela está na frente. É engraçado e um pouco absurdo – como permitiram que essa foto fosse publicada? Os outros vencedores mal aparecem! Ela está, de fato, bem na frente deles, com os braços abertos, radiante. E, o que é melhor:

Ela não parece ter a mínima intenção de recuar.

# Agradecimentos

Tomo emprestado, em *Predadores*, a locação principal de um dos meus filmes preferidos: o Bar Esperança. Não só o bar, mas seus personagens também. Agradeço postumamente, portanto, ao grande Hugo Carvana (Zeca) e à inesquecível Marília Pêra (Ana), além de todo o elenco, produtores, roteiristas, câmeras, enfim: toda a equipe que fez este divertidíssimo filme que homenageio aqui com muito carinho e respeito – espero não ser processada!

Também quero agradecer às minhas queridas leitoras betas: Ana Helena Alencastro, Bethânia Barbosa, Carol Panta, Denise Pereira, Elaine Vaz, Irka Barrios e Juliane Vicente. Obrigada por tanta generosidade, manas!

Ao amigo Paulo Germano pela assistência para escrever a "notícia" sobre o Maníaco do Ácido e para Jeferson Tenório, o primeiro leitor do capítulo um de *Predadores*: meu muito obrigada!

Para minha irmã e assessora de imprensa Bruna Paulin: ela sabe o motivo.

Todos os amigos e amigas que me aguentaram, durante sete meses, falando obsessivamente sobre o livro têm meu carinho. Que paciência, hein?

Para Cacá, Vanessa, Camila, Luís, enfim, toda a turma da L&PM, que sempre fez eu me sentir tão acolhida.

Para meu editor e querido amigo Ivan Pinheiro Machado: que alegria estarmos juntos em mais uma obra. Amo você! Editor Lima, não fique com ciúmes.

Para minhas alunas e alunos do curso de escrita criativa: vocês não sabem o quanto nossos encontros me inspiraram. *Predadores* foi, em grande parte, escrito logo depois que nossas aulas terminavam. Nossas trocas foram muito importantes para mim!

E, é claro, para mamãe, que me ensinou a ler e a escrever, e para papai, que me ensinou a amar o samba e a boemia – além de meus quatro irmãos, Carolina, Joana, Pedro e Ana Helena, que sempre souberam dividir, com alegria, o amor (infinito) que existe na nossa linda e amalucada família. Vocês são a minha vida.

Eu vim de um lugar de afeto: este é o meu maior privilégio.

lepmeditores
**www.lpm.com.br**
o site que conta tudo

IMPRESSÃO:

**PALLOTTI**
GRÁFICA

Santa Maria - RS | Fone: (55) 3220.4500
*www.graficapallotti.com.br*